KB039533

사막으로
난 길

사막으로 난 길

현길언 장편소설

|주|자음과모음

차례

프롤로그 • 7

다시 만난 사람들 • 9

세상으로 • 97

사람과 사람 • 161

사막으로 난 길 • 237

에필로그 • 262

작가의 말 • 264

세철이 서울에 가고 싶다는 생각을 한 것은 실로 우연이었다. 그즈음 칙칙하고 습기 찬 무더운 날씨가 계속되고 있었다. 이런 계절이면 세철은 종종 이른 새벽에 서부두 방파제로 나가 영어 단어를 외운다. 이 방파제는 한밤에는 더위를 식히려는 산책객이, 이른 아침에는 공부를 하려는 학생들이 찾아드는 곳이다.

해가 뜨려는지 동북쪽 수평선 위에는 바다와 하늘이 온통 빨간 노을로 물들고 있다. 세철은 새삼 그 광경에 정신이 팔려 바라보았다. 그때 큰 군함이 느린 봉삭으로 지나가고 있었디. 순간 저 배를 타고 서울로 가고 싶은 충동이 일었다. 그리고 유원이를 배웅하기 위해 동부두 터미널에서 여객선이 보이지 않을 때까지 손수건을 흔들던 일이 문득 떠올랐다. 몇 년의 시간이 지나는 동안 그녀를 생각하지 않은 것은 아니지만 오늘은 유독 그녀의 안부가 궁금했다.

유원이는 초등학교 때에 한국전쟁으로 피난 와서 세철의 고향 집에서 1년 가까이 지냈다. 그녀는 전쟁 고아여서 의사인 규석의 아버지가 만든 보육원에서 어린아이들을 돌보면서 학교에 다녔다. 둘은 그때부터 친해졌다. 그런 그들이 다시 만난 것은 세철이 읍내 중학교로 진학해서였다.

집으로 돌아오는 길에 세철은 서울로 가야겠다고 마음을 굳혔다. 그리고 아침 식사 자리에서 숙모에게 서울을 다녀오겠다고 말했다. 그다음 날 세철은 생전 처음 제주 목포 간 연락선을 타고 섬을 빠져나갔다. 꿈에만 그리던, 그 서울로 직접 가게 된 것이다.

다시 만난
사람들

1

도시는 온통 사막이었다. 여름 저녁 무더위가 바로 사막의 열기처럼 느껴졌다. 그렇게 많은 사람들 중에 아는 얼굴이 하나도 없다. 고향에서는 문 밖에만 나가도 모두 아는 사람들이다. 같은 학교 학생이 아니더라도 나를 알아본다. 세철은 문득 외로움을 느꼈다.

서울역 광장 시계탑 앞에서 두 시간 넘게 기다렸다. 틀림없이 '7월 2일 19시 서울역 착 마중 바람 세철'이라고 전보를 쳤다. 직원은 급전으로 쳤으니, 오늘 중으로 도착할 것이라고 했다. 손목시계를 봤다. 전도 학생 영어 웅변대회에서 1등상으로 미 국방부장관으로부터 받은 것이다. 9시가 지나고 있다. 초조했다. 주위도 점점 소란스러워졌다. 열차가 도착하는 기적 소리가 들려왔다. 사람들이 개찰구에서 쏟아져 나오자, 마중 나온 사람들이 소리를 지르면서 반가워했다. 그들이 유원이로 또는 형으로 보이기도 했다. 그렇게 사람을 쳐다보노라니 눈이 피로하고 침침했다. 배도 고팠다. 그러나 걱정하지 않았다. 오늘 못 만나면 내일 아침에 주소로 찾아가면 된다. 파출소에 가면 길을 안내해준다는 말을 숙모로부터 들었다.

다른 한편으로 형이 일부러 나오지 않았을지도 모른다는 불길한 생각도 들었다. 내가 서울로 올라오는 것을 달갑지 않게 생각할 수도 있다. 미리 형과 의논하지 않았다. 유원이도 그럴 것이다. 제주에서 지낼 때와는 달라졌을 것이다. 벌써 2년이 넘었다. 그녀는 서울 일류 여고의 학생이고, 나는 시골, 그중에도 나라의 맨 끝 섬, 제주의 학생이다. 피난지에서 가졌던 마음이 지금까지 남아 있을까? 편지를 주고받기는 했지만, 내가 더 열심히 편지했기 때문에 마음씨가 고운 그녀가 마지못해 답장을 했을 것이다. 나 혼자만 유원이를 좋아하고 있는 걸까? 생각할수록 점점 불안했다. 형이나 유원이가 나를 만나고 싶지 않아서 마중 나오지 않을 수도 있다. 마중 나오지 않으면 되돌아갈 줄 알겠지.

순간 오기가 생겼다. 이대로 돌아갈 수는 없다. 그들을 만나러 온 것이 아니라, 서울을 구경하러 왔다. 서울이 어떤 곳인가, 그 도시 학생들은 어떻게 공부하는가, 그들을 만나기 위해서 왔다. 형과 유원이가 나에 대해 무심하더라도 상관없다. 나대로 며칠 지낼 수도 있다. 여비도 충분하다. 숙모는 내가 서울에 가겠다는 말을 꺼냈을 때 처음에는 만류하더니 결국 허락을 해주었다. 여비를 꾸어주면 어머니에게 받아 갚겠다고 했더니, 여비도 충분히 마련해주었다.

"서울 애들에게 기죽지 말고, 잘 지내다 와라. 서울 사람들은 깍쟁이다. 전에 만났던 피난민 아이들도 변했을 것이니, 예전처럼 생각하지 말고."

숙모는 서울 가서 주의할 사항들을 꼼꼼히 말해줬다. 그렇게 생각하니 마음에 여유가 생겼다. 마중 나오지 않을 수도 있다. 그게 큰일이 아니다. 어디 가서 하룻밤 자고 나서 내일 주소를 갖고 찾아가면 된다.

세철은 시계탑의 시침을 바라보면서 내려놓았던 배낭을 들어 어깨에 메었다. 형이 서울로 공부하러 갈 때 가지고 다니던 국방색 배낭이어서 탄탄했다. 이 안에는 며칠 동안 지내는 데 필요한 모든 것이 들어 있다. 갈아입을 옷이랑 공부할 책도 있다. 이 배낭만 있으면 어디에 가더라도 며칠은 지낼 수 있다. 그런데 막상 어디라도 가야 한다고 생각하니 갈 곳이 없었다. 무작정 몇 걸음 걸어가는데 갑자기 목이 막히면서 설움이 복받쳤다.

목포에서 열차를 타고 자리를 잡고 앉았을 때에는 꿈꾸는 기분이었다. 이제 내가 서울로 간다. 며칠 전까지도 전혀 생각하지 않았던 일이다. 어떻게 이런 결정을 하게 되었는지 자신도 모를 일이었다. 주일 저녁 예배 후에 집으로 돌아와 공부를 하려고 하는데, 유원과 마지막으로 수요 예배를 드리던 날이 생각났다. 시험 중인데도 수요 예배를 드리러 간 것도 의외의 일이었다. 그날 밤 목발을 짚은 형과 정 선생의 이중창을 들을 때의 그 감격, 예배 후에 유원을 초등학교 천막 숙소 앞까지 데려다주던 일이 바로 어제 일처럼 되살아나면서 가슴을 울렁거리게 했다. 그리고 부두 방파제에서 연락선 선체가 보이지 않을 때까지 손을 흔들면서 울먹였던 자신의 모습이 떠오르면서 유원이가 보고 싶었다. 2년 반이 흘렀다. 여고생의 된 그녀는 어떻게 변했을까? 생각할수록 더 보고 싶어졌다. 만약 바다가 없었다면 열차를 타고 서울로 몇 번이나 올라갔을 것이다. 그날 밤을 뜬눈으로 새웠고, 뒷날 숙모에게 사실을 말했다.

방학이 되었으니 서울에 가서 서울 학생들이 공부하는 것을 보고 싶다고 그럴듯하게 이유를 둘러댔다. 숙모는 눈을 둥그렇게 뜨고 의심이 가득한 눈초리로 쳐다보았다. 이놈이 바람이 났구나, 라고 생각하는 것 같았다. 그런데 잠시 후에 숙모의 표정이 풀려지더니 빙긋이 웃었다. 세철은 그 웃음에 얼굴이 화끈거렸다.

"유원이가 보고 싶어서 그러지?"

"아니우다. 형도 방학에는 한번 올라와서 서울 학생들 공부하는 것을 보라고 했수다. 우물 안 개구리처럼 섬 구석에만 들어박혀 있지 말고……."

숙모는 생각해보자고 했다.

그래도 세철은 기대를 갖지 않았다. 집안 어른들께 이야기해도 허락해주지 않을 것이다. 방학이 되었으니 고향으로 돌아가 할머니와 어머니랑 지내야 하는데, 공부한다는 핑계를 대고 고향에 가지 않는 것도 어른들께는 미안한 일이다. 그런데 서울에 간다니? 당치 않다. 그러나 한번 먹은 마음을 돌이키고 싶지 않았다.

그런데 의외로 숙모는 서울 가는 것을 허락하면서 여비도 마련해주었다. 그러고는 아무 말도 더 하지 않았다. 세철은 꿈이 현실로 나타난 것처럼 흥분했다. 문득 자신은 꿈을 현실로 만들 수 있는 사람이라고 생각했다.

서울에 가기로 결정되자 유원의 생각이 가슴을 채워서 숨이 콱콱 막히기 시작했다. 열차 칸에는 방학이 되어서 서울로 올라가는 듯한 여학생들이 몇몇 보였다. 그들이 모두 유원이로 보였다. 떨어져 있었던 2년 반 동안 한 달에 두어 번씩 편지를 주고받았다. 그러나 유원이가 얼마나 변했는지는 생각해보지 않았다. 아직도 세철에게는 그녀가 중3 때 그 모습으로 남아 있다. 이제 그녀를 만난다면, 고2가 된 그녀 앞에서 자신은 중3 학생으로 있어도 되는 것인가. 어떻게 처신할까 걱정이 되었다. 걱정할수록 가슴이 답답하고 숨이 막혔다. 역에 마중 나온 그녀를 만나면 첫마디를 뭐라고 말할까? 덥석 손이라도 잡을까? 그것은 내 마음일 뿐이다.

열차가 서울을 향해 달려갈수록 유원이와 점점 가까워진다는 생각에 가슴이 두근거리고 몸이 붕붕 뜨는 기분이었다. 그녀와 너무 멀리 떨어져 있다가 이제 점점 가까워지고 있다. 다시는 떨어져 있지 않아도 될 것이다. 바다가 가로막아 놓았고, 거기 남쪽 끝에서 서울까지 또 얼마나 먼 거리인가? 그 거리만큼 서로의 사이도 벌어져 있다. 편지를 주고받긴 했지만, 그 편지를 읽다가도 세철은 이러다가 더 시간이 흘러 각각 제 인생의 길로 가버릴 것만 같았다. 어쩌면 제각각 인생길이 아니라, 같은 길을 가게 될지도 모른다. 틀림없이 그렇게 될 것이다. 전혀 계획하지 않았는데 서울로 가게 되는 것이 그렇다. 이제 유원을 만나게 되는 것이 운명처럼 생각되었다.

처음으로 목포로 가는 여객선을 탔을 때는 두렵기도 했다. 멀어져 가는 한라산의 전경과 거친 바다 물결에 멀미 기운이 온몸을 뒤틀리게 하면서 구역질이 나더니 결국 토하고 말았다. 뱃전을 부여잡고 위와 장에 있는 음식물 찌꺼기까지 모두 토해내다가 문득 이렇게 고생을 하면서 서울로 가는 자신이 대견스러웠다. 그렇게 생각하니 멀미도 달아나버렸다. 제주를 빠져나오기를 잘했다고 생각했다. 이대로 서울에 가서 아주 살까? 형도 서울에서 중학교와 고등학교를 마쳤는데, 내가 서울에서 공부하겠다고 하면 할머니는 거절하시지 않을 것이다. 그런데 형이 못마땅하게 생각할지도 모른다. 이제 형의 말을 따를 나이가 아니다. 형은 중학교 3학년 때에 학도병으로 지원해서 나갔다. 집안의 장손인데도 말이다. 그런 형에 비해서 이제 나는 나름으로 내 인생을 결정할 나이가 되었다. 친구 중에는 벌써 장가를 가서 아기를 낳은 사람도 있다. 3대 독자라서 일찍 장가를 갔다고 했다. 아버지나 할아버지 때였으면 벌써 장가를 가서 아기 두엇은 낳을 나이가 아닌가? 역으로 마중을 나오겠지. 형이랑 정 선생, 유원이도 오겠지. 그런데 규석이는 나오지 말았으면 좋겠다. 차창 밖으로 지나치는 풍경을 보면서 그러한 생각을 되풀이했다.

어둑해지는 광장에는 사람들 발걸음이 빨라졌다. 지게꾼들, 목판 장사치들, 거지들, 할 일 없이 어슬렁거리던 사람들도 바지런히 움직였다. 전차가 몇 차례 지나갔다. 기적 소리가 들렸다. 개찰구에서 사람들이 쏟아져 나왔다. 그런데 이상하다. 전보를 쳤는데 왜 마중을 나오지 않을까? 혹시 전보 주소가 잘못된 걸까? 아니면 마중 나오고 싶지 않아서인가?

세철은 땀이 촉촉이 젖은 편지 봉투를 바지 뒷주머니에서 꺼내 보았다. 마지막에 받은 유원의 편지도 꺼내 주소를 다시 확인했다.

종로구 가회동 3412번지의 46. 이것은 형의 주소이고, 종로구 가회동 3412번지의 49. 이것은 유원의 주소이다. 두 집이 이웃이구나. 나는 누구네 집에서 머물지? 생각은 엉뚱한 방향으로 달려갔다.

배가 고팠다. 식당으로 가서 우선 저녁 요기라도 해야겠다. 세철은 전찻길로 향했다. 그때 중년 여자가 다가왔다.

"마중 나올 사람이 안 나왔어? 길 건너에 깨끗한 하숙집이 있는데 가자꾸나. 거기서 저녁도 해주니까, 요기부터 하고……."

숙모 나이쯤 된 아주머니가 측은한 눈길로 세철이를 쳐다보면서 친절히 말했다. 오랜만에 사람이 상대해줘서 반가웠다.

"형님이 마중 나오기로 했는데, 좀 늦나봐요."

세철은 잠시 머뭇거렸다. 마중 나올 사람이 없이 초라하게 서 있는 모습으로 보이고 싶지 않았다. 그래서 증거를 보이듯이 형의 편지 봉투를 내보였다.

"아마 전보를 못 받은 모양이지. 이제 한밤인데 찾아 나설 수도 없으니 우리 집에 가서 저녁 먹고 쉬었다가 내일 낮에 내가 우리 집 바로 옆에 있는 파출소에 말해서 찾을 수 있도록 해줄게."

세철은 친절한 아주머니가 싫지 않았다.

"아이고, 이 땀 봐라. 시원하게 목욕부터 해야겠구나."

그 말에 세철은 온몸이 땀으로 절어 있는 것을 알았다.

"어서 날 따라와. 요기야."

아주머니는 전차 길 건너를 가리키며 앞장섰다. 세철은 못 이기는 척 뒤따라갔다. 전찻길 건너 남대문 쪽으로 가다가 오른편 골목으로 들어서는데, 웬 청년 둘이 아주머니에게 다가왔다.

"우리 집에서 일 보는 아이들인데, 내일 아침에 이 주소 갖고 집을 찾아줄 게다."

아주머니는 뒤를 돌아보면서 세철을 그 청년들에게 소개했다. 한 사람은 형 나이 또래인데 키가 훌쩍 크고 한여름인데도 군화를 신었다. 다른 한 사내는 키가 작달막하고 머리도 고등학생처럼 짧게 깎았는데 몸이 탄탄하게 보였다. 나이는 세철이보다 두어 살 위인 것 같았다.

두 청년은 세철을 보더니 씩 웃었다. 그 웃음이 이상하게 친근하게 느껴졌다. 세철은 그들을 따라 골목길로 들어섰다. 자동차가 한 대 겨우 다닐 정도인 길 양편에는 판잣집들이 줄줄이 늘어서 있다. 그 중간 중간에 전쟁 때 부서진 건물들인지, 허물어진 이층 집들도 보였다. 키 큰 사내가 세철에게 다가와서는 위아래를 훑어보다가 빙긋이 웃었다.

"서울이 초행이야?"

"예. 형님네와 누나네가 여기에 살고 있어요."

세철은 제주도 말을 되도록 안 쓰려고 표준말로 대답했다.

"난 네 형이야. 형님이라 불러도 된다. 우리 집에서 하룻밤 쉬고 내일 내가 집을 찾아줄 테니 안심해라."

사내는 세철의 어깨를 툭 치면서 빙긋이 웃었다. 셋은 다시 오른편 골목으로 들어섰다. 골목길은 더 좁았다. 그런데 거기에는 윗도리를 거의 벗은 여자들이 담배를 피우면서 히히덕거리고 있었다.

"어디서 낚았니? 좋은 고기로구나!"

여자가 두 사내에게 눈을 찡긋하면서 지껄였다. 사내는 여자를 밀치고서 골목 안으로 들어섰다.

세철은 기분이 이상했다. 겨우 가슴만 가린 여자들을 보자 다리가 떨리고 얼굴이 화끈거렸다. 잠시 머뭇거렸다.

"왜 안 따라와?"

앞서 가던 키 작은 사내가 눈을 부릅뜨고 노려봤다.

세철은 도둑질하려다가 들킨 사람처럼 앞 사내를 따라 몇 걸음 걸어갔다.

"너 서울이 처음이니?"

"처음은 아니야. 여러 번 왔는데, 형님네가 이사 간 모양이야. 우리 형이 서울대학교 의과대학에 다니는데……."

유원에 대해 말하려다가 그만두었다. 대신 함부로 대하지 말도록 하기 위해 형을 말했다.

"의과대학 다닌다면 시골에서 부자로구나. 여비 많이 가져왔니?"

사내가 세철의 팔목을 확 잡아 담벼락으로 몰아붙이면서 눈을 부라렸다.

다른 사내는 골목 어귀에 서서 사방을 두리번거렸다.

"돈 없어. 형님이 있으니 차표만 사가지고 왔어."

"그러면 하숙비랑 밥값은 어떻게 하려고?"

"내일 형 만나면 다 물어줄 거야. 걱정 마."

오히려 돈이 없으니 봐달라는 투로 말했다.

"이 자식, 순 거짓말을⋯⋯."

그 순간 사내는 세철이 지고 있는 배낭을 확 낚아챘다.

"왜 그래?"

"보자! 돈이 없나?"

"봐라."

세철은 숙모가 돈을 함부로 가지고 다녀서는 안 된다면서 전대를 만들어 허리에 차도록 했다. 세철은 그 위에 바지를 입고 다시 군 혁대를 찼다. 서울에는 깡패가 많으니까 역전 부근에서 조심하라는 숙모 말이 생각났다. 그래서 일부러 군인 권총 혁대를 찼던 것이다.

"야, 왜 그래. 어머니에게 혼나려고 심술부리지 마. 옥자에게 맡겨."

골목 어귀에 있던 키 큰 사내가 키 작은 사내에게 호통을 쳤다.

그 말에 키 작은 사내는 온순해졌다. 빼앗았던 배낭을 돌려주며 세철의 어깨를 밀었다. 세철은 사내를 따라 골목 안으로 들어가다가 작은 나무 대문 앞에 멈췄다.

"옥자야, 네가 기다리던 남동생을 내가 모셔왔다. 내일 아침까지 긴 밤이다."

가슴을 거의 드러낸 여자가 문지방에 걸터앉아서 담배를 피우다가 일어났다.

세철은 집안 분위기에 긴장했다. 순간 여기가 마귀의 소굴처럼 생각되었다. 얼른 뒤돌아 문 밖으로 나왔다. 마침 골목으로 들어서던 키 큰 사내가 발을 거는 바람에 땅바닥에 곤두박질을 쳤다. 순간 발길질이 날아들었다. 세철은 깡패들에게 걸려들었다고 생각했다. 그 순간 골목 바닥에 나뒹굴고 있는 벽돌이 보였다. 세철은 그것을 집어 들었다.

"아니, 이 자식 봐라."

겨우 그 소리를 들은 기억밖에 없다.

세철은 잠결인데도 온몸이 쑤셔서 잠을 깼다. 여자가 속옷 위에 헐렁한 반소매 러닝셔츠만 입은 채로 세철의 곁에서 물수건으로 땀을 닦아주고 있었다.

세철은 순간 그 여자가 잠시 유원이로 보였는데 움직일 때마다 젖가슴이 출렁거렸다.

"악!"

소리를 지르면서 일어나던 세철은 바위를 진 것처럼 몸이 무거워 도로 쓰러져버렸다. 온몸 여기저기가 송곳으로 찌르는 것처럼 쑤셨다.

"가만 있어봐."

여자가 정신을 차린 그를 보더니 빙긋이 웃었다. 세철은 여자를 외면하려 눈을 감아버렸다. 그런데 몸이 선뜻했다. 실눈을 뜨고 제 몸을 훑어보았다. 위에는 아무것도 입지 않았고, 아래는 속내의 바람이었다.

"아니, 내 바지?"

그는 허리에 차고 다녔던 전대 생각이 났다.

"뭘 찾아? 목숨만 살아난 것만도 다행인데."

"내 돈 전대?"

"걱정 마라. 형들이 잘 간수해둔다고 했어."

여자는 일어나려는 세철을 다시 눕히고는 젖은 수건으로 얼굴과 피멍이 든 어깨를 닦아주었다.

"여기가 어디라고, 걔네들과 상대하려 하니? 너도 싸움꾼이구나. 권총 탄띠도 차고, 벽돌로 사람을 칠 줄도 일고…… ."

그제야 세철은 엊저녁 일이 생각났다. 그를 쓰러뜨린 키 큰 사내에게 벽돌을 들고 덤비려 했다.

"내 배낭이랑 짐들은 어디 있어요?"

"잘 놔뒀으니 걱정 마. 이 정도로 살아난 것만도 다행이야. 내가 말리지 않았으면 큰일 날 뻔했어. 걔네들이 누군 줄 알고 덤볐어?"

여자는 세철의 상처에 옥도정기를 바르고 후후 불었다. 약 기운에 살갗이 찢어지는 것처럼 아팠다.

"내 바지 호주머니에 편지가 있는가 봐요."

그 주소를 잃어버린다면 큰일이라고 생각되었다.

여자가 일어나더니 벽 쇠못 옷걸이에 걸려 있는 바지 호주머니를 뒤지더니 두 통의 편지를 꺼냈다.

"이거니?"

세철은 그 편지를 보자 안심이 되었다.

"아니, 이것은 여자 편지인데, 너 연애하는구나!"

여자가 눈을 흘기면서 실실 웃었다.

"이리 줘요. 남의 편지를 가지고?"

"누가 빼앗는데?"

세철은 그 편지를 획 낚아채어 손에 꼭 쥐었다. 더러운 여자가 이 편지를 만졌다는 것이 불쾌했다.

"아니, 이 얼굴로 그 여자 친구를 찾아갈 테야?"

여자는 세철을 쳐다보면서 실실 웃었다. 여자 말을 듣고 보니 이런 얼굴로 형과 유원을 만날 것이 걱정되었다.

"상처가 나을 때까지 우리 집에 있을래? "

그 말에 세철은 온몸에 소름이 끼쳤다.

여자가 옥도정기를 다 발랐는지 일어서려고 윗몸을 숙이는데 러닝셔츠 안에서 젖가슴이 환히 드러났다. 세철은 고개를 모로 돌려버렸다. 여자가 다시 상처를 눈여겨보려고 그의 얼굴 위로 다가왔다. 세철은 코끝으로 몰려드는 이상한 냄새에 정신이 혼란스러워졌다. 그것은 유원과 같이 있었을 때 풍겨왔던 냄새 같기고 했으나 왠지 역겨웠다. 여자는 몸을 일으키지 않은 채 세철의 얼굴 위로 땀 냄새 나는 젖가슴을 들이대었다. 여자의 그 냄새가 혈관을 타고 온몸으로 퍼졌다. 눈을 감은 채 호흡이 가빠졌다. 몸을 움직일 수 없었다. 따끔거리며 아팠던 상처도 시원하게 낫는 것 같았다. 세철은 눈을 감은 채 크게 호흡을 하려고 했으나 잘 되지 않았다.

2

산길을 홀로 가는데 집채만 한 바윗덩이가 위에서 굴러 내려왔다. 세철은 그것을 피하여 달아나는데도 바위는 맹수처럼 쫓아왔다. 달려도 달려도 바위 짐승은 멈추지 않았다. 소리를 질러도 입이 열려지지 않았다.

험악한 꿈이었다. 방 안에는 불이 꺼져 있는데, 창틈으로 들어오는 달빛에 옆에 누워 있는 여자가 보였다. 이불을 걷어차서 맨 마지막 속옷만 입은 여자의 벗은 몸이 달빛에 하얗게 드러나 있었다. 세철은 벌떡 일어났다.

그는 조심스럽게 벽에 걸려 있는 바지와 윗도리를 입었다. 교복을 입으려는데 부끄러웠다. 여기에서 나가다가 고향 사람이라도 본다면 큰일이다. 얼른 교복 셔츠에 붙어 있는 이름표와 배지를 떼었다. 교모도 쓰지 않고 뒷주머니에 쑤셔 넣었다. 그런데 배낭을 찾았으나 눈에 띄지 않았다. 어쩔까 하다가 우선 방을 나가는 것이 급하다고 생각해서 얼른 문밖으로 나왔다.

날이 훤히 밝았다. 시계를 보려는데 손목이 허전했다. 기억이 없다. 다시 들어가 시계를 찾아볼까 생각하다가 여자의 벌거벗은 모습이 떠올랐다. 우선 여기를 벗어나야 한다. 꿈속에서처럼 힘을 다해 뛰었다. 큰길로 접어드는 모퉁이에 파출소가 보였다.

"사람 살려줘요!"

세철은 파출소로 들어가면서 소리를 질렀다. 경관이 고개를 들어 '뭐냐'는 듯이 쏘아봤다.

"시골에서 어젯밤에 올라왔는데, 깡패들에게 끌려가서 짐을 다 뺏기고 여비도 다 털리고 시계까지……"

세철은 우선 폭행을 당한 일과 갖고 있었던 물건들과 돈을 다 털렸다고 말했다.

"차근차근 말해봐."

경관은 큰 소리를 지르는 그가 귀찮다는 듯이 쳐다보았다. 파출소 시멘트 바닥 한구석에는 술에 취한 중년 사내가 코를 골며 자고 있었다.

"이리 와서 차근차근 당했던 일을 써봐."

경관은 세철을 나무 의자에 앉히고는 양면괘지와 철필을 꺼내놓았다.

"이름과 주소, 생년월일, 다음에 어젯밤에 당했던 일을 육하원칙에 의해 말해봐, 학생."

"예, 이름은 명세철, 주소는 제주도 남제주군 남원면……."

"명세철? 이거 학생 것이지."

경관은 책상 위 한편 구석에 있는 세철의 학생증을 보여주었다.

"제 것인데요?"

세철은 그제야 바지 뒷주머니를 뒤져보았다. 지갑이 없어졌다. 학생증과 용돈이 들어 있는 가죽지갑이었다. 그런데 자기 학생증이 파출소 경관 손에 있다는 것이 이상했다. 그제야 그놈들이 모두 털어갔다는 것을 알았다.

"그거 모두 제 것인데요. 깡패들이 저를 두들겨 패고는 몸을 뒤져 빼앗아 갔어요."

그런데 경관은 얼른 그 학생증을 서랍에 넣고는 세철을 노려봤다.

"촌놈인 주제에 어찌 세상 물정도 모르고 서울역 양아치들과 싸움을 붙었냐? 너 시골 깡패지? 서울 바닥에서 한번 놀아보려고 왔지!"

경관은 세철을 추궁했다.

"아닙니다. 제가 무슨 깡팹니까? 방학이 되어서 형님을……."

세철은 서울에 오게 된 경위와 어젯밤에 마중 나온 사람이 없어서 어떤 아주머니를 따라 이곳으로 와서 당한 일을 모두 말했다.

"이거 무엇인지 알겠어?"

경관은 다시 서랍에서 시멘트 벽돌을 하나 꺼내 책상 위에 놓았다. 세철은 영문을 몰랐다.

"이거, 생각이 안 나?"

경관은 또 세철의 권총 탄띠를 꺼내들면서 히죽이 웃었다.

"이것은 네가 나는 깡패입니다 하는 증거품이야. 그러니 딴 수작 부리지 말고 순순히 자백해. 그러지 않으면 유치장 신세를 면치 못할 거야. 재판도 받아야 하고, 방학이 끝나도 집에 돌아갈 수도 없을지도 몰라. 알겠어? 그러니 수작 부리지 말고, 네가 어젯밤에 깡패 짓을 한 것을 육하원칙에 의해서 솔직하게 모두 써."

경관은 눈을 부라렸다.

"그런 것이 아니고, 제가 아주머니께 끌려가는데……."

"그래. 지금 네가 말하려는 것을 그대로 다 써. 자식, 아직 머리에 피도 안 마른 주제에 고향을 떠나 아는 사람이 없는 서울에 왔다고 제일 먼저 찾아간 곳이 창녀집이냐? 집안 어른들이 여비하라고 준 돈으로 여자부터 찾아가다니, 네 앞길이 한심하다, 이놈아!"

경관은 넋이 빠진 듯이 앉아 있는 세철을 거친 말로 몰아대었다. 들을수록 창피해서 경관을 바로 쳐다볼 수도 없었다. 형과 유원을 어떻게 만나지? 이 소문이 혹시 집안 식구들에게 전해진다면? 혹시 학교에 알려지면……. 생각할수록 눈앞이 캄캄했다.

"야, 이놈아. 정직하게 쓰지 않으면 오늘 당장 학교로 연락하겠어. 당신네 학교 명세철이가 서울 역전 창녀촌에서 깡패들과 싸우다가 파출소에 잡혀왔다고……."

세철은 정신이 퍼뜩 들었다. 그렇게 되면 큰일이다. 고향으로 돌아가기는 틀렸다.

"제발 그러지 말아주세요. 제가 어디 싸우려고 했습니까? 하숙집 아주머니가 저녁을 먹고 자기네 하숙집에서 잤다가 내일 주소를 갖고……."

"임마, 저 벽돌로 네가 그 깡다구를 치려고 했지?"

"그놈이 먼저 제 배낭을 빼앗으려 했어요."

"그래서?"

"제가 다 사실대로 쓸 테니, 학교에는 제발 연락하지 마세요."

세철은 이 위기를 넘기고 봐야겠다고 생각하고는 사실대로 꼼꼼히 써 내려갔다. 열차에서 내렸는데, 마중 나온 사람이 없었고, 아주머니가 너무 친절하게 대해줘서 조금도 의심하지 않고 따라나섰는데…….

한 시간 동안 어젯밤에 일어난 일을 모두 썼다. 배낭과 손목시계를 빼앗긴 사연도 썼다. 정신을 잃었다가 깨어보니 여자 방에 있었지, 내 발로 들어가지 않았다고 썼다.

경관은 세철이 쓴 것을 대충 읽어보더니 소리쳤다.

"거짓말투성이군. 여기에 고소장이 들어왔어. 벽돌로 맞았다는 고소장이 들어왔으니, 네 형편은 딱하지만, 내 마음대로 처리할 수가 없어. 참, 보호자가 있다고 하던데, 주소 있어?"

"보호자를 만나기 전에 제 잃어버린 물건을 찾아주세요. 전 억울하게 당했어요."

"왜 창피해서 그래? 창피한 줄 아는 놈이 왜 그런 곳을 찾아갔어?"

"찾아간 것이 아니라니까요?"

"거짓말 마. 그 아주머니가 그랬어. 하룻밤 자고 갈 테니 안내해달라고, 자기는 어린 학생이라 처음에는 거절했는데, 두 번이나 말하는 바람에 우리 집에서 잠이나 재워 보내려고 했다는 거야. 그런데 자네가 여자와 같이 자겠다고 해서, 그 옥자라는 여자 방으로 들어가도록 했는데, 그 여자의 기둥서방이 들어오다가 너를 본거야. 어제 너와 싸운 그 키 작은 놈이 깡다구라고 이 바닥에서 알아주는 놈이야. 생각해보라고. 사내라면 제 애인이 자기보다 어린 놈과 자는 것을 두고 보겠어?"

"모두 거짓말입니다."

"거짓말인지 참말인지는 두고 봐. 이제 고소한 그자들을 데려다 가 대질 심문을 할 테니까. 자, 그러면, 기다리고 있어."

경관은 세철을 파출소 한편 구석으로 데려가더니, 술 취한 사람 이 비스듬히 앉아서 코를 골고 있는 나무 의자를 가리켰다.

"여기에서 한 발자국도 움직이면 안 된다. 알았지. 원칙적으로 는 철창 안에 가둬야 하는데, 학생이라서 특별히 봐주는 거야."

세철은 눈물이 났다. 이런 봉변을 당하다니, 서울에 공연히 왔구 나. 섬놈 주제에 서울을 우습게 봤나? 그런데 왜 형과 유원은 마중 을 나오지 않았을까? 생각할수록 형이 야속했다.

세철은 피곤한 탓에 깜빡 졸았다. 어수선한 소리에 눈을 떴다. 첫눈에 그 깡다구가 웃고 있는 모습이 보였다. 그 뒤로 어젯밤에 그를 안내해준 아주머니와 낯선 젊은 여자가 들어왔다.

"다 왔군. 이리들 와 봐요."

아침에 조사를 했던 경관이 아니었다.

"학생도 이리 와."

넷은 경관 앞에 있는 긴 나무 의자에 앉았다. 세철은 세 사람을 외면했다. 경관은 세철이가 쓴 진술서와 양면괘지에 쓴 고소장을 놓고 눈을 굴리면서 빠르게 읽었다.

"이건 순 엉터리군. 대질심문을 해야겠는데……"

그는 세철을 쏘아봤다. 세철이 쓴 진술서가 엉터리라는 것이다.

"제 상처를 보십시오. 이게 저 사람과 또 다른 키 큰 청년에게 맞은 겁니다. 시골에서 올라온 제가 어찌 벽돌로 쳤겠어요."

세철이가 울먹이면서 말했다.

"운다고 사정을 봐주지 않아. 네가 네 발로 걸어서 그 집까지 간 것은 틀림없지?"

"아주머니가 좋은 집 있다기에."

"그건 그렇다 치고, 네 발로 갔지."

세철은 고개를 끄덕였다.

"저 벽돌로 이 자를 치려고 한 것도 맞지?"

"내가 이상한 집으로 들어가게 되어서 어찌나 무섭던지 도로 나오려다가 어떤 사람이 제 발을 걸어서 넘어졌는데, 저들이 넘어진 저를 마구 짓밟았고 그래서……"

"그래도 주먹이나 발길질로 대항을 해야지 벽돌로 치다니? 벽돌은 무기야. 한 대 맞으면 죽어. 너는 그 벽돌로 저들을 죽일 수도 있었어."

"아닙니다. 내가 혼자 당할 수가 없어서 그랬습니다. 이자들은 순 깡팹니다. 시골에서 올라오는 사람들만 노리는……."

"야 자식아, 말조심해!"

깡다구가 고함을 질렀다.

"제가 저 벽돌로 뒷목을 맞는 바람에 지금도 뒷목 부근이 뻐근합니다. 아침에 일어났더니 고개를 들 수가 없었어요. 병원 문을 열면 진단서를 받아야겠어요."

사내가 죽어가는 시늉을 했다.

"그러면 다시……."

경관은 아주머니에게 물었다. 거짓말로 꾀어서 하숙집으로 끌고 왔느냐고 물었다. 아주머니는 고개를 흔들었다.

"시골에서 올라온 처지가 불쌍해서 우리 집에서 저녁을 먹이고 그냥 하룻밤 지낸 다음에 내일, 그러니까 오늘 집을 찾아주려고 했어요."

"자식 공도 모르고 거짓말로 아주머니를 나쁜 사람으로 만들었군."

"그다음 옥자, 너는 저 학생과 잤어?"

"예."

"화대는 받았어?"

"못 받았어요."

"인심 좋구먼. 선불 안 받고 잠을 잤으니, 그러니 깡다구가 가만두고 못 봤겠지."

"아닙니다. 저는 자지 않았습니다. 저는 여자를 모릅니다. 정신을 차리고 보니……."

사실대로 말했다,

"아닙니다. 아파 죽어가면서도 어찌나 보채는지, 그것도 한 번도 아니고, 세 번이나 사람을 못살게 굴었어요."

그 말에 경관이 키득거리면서 웃었다.

"자식 재미는 혼자 봐놓고 새벽 도주를 했어. 그러면 그냥 도망갈 일이지, 파출소로 와서 고소하고, 수작이 보통이 아니군."

"절대로 나는 여자와 자지 않았습니다."

세철은 그렇게 말하면서 여자를 쳐다보았다. 여자는 어젯밤과는 전혀 딴 모습이었다. 세철의 눈길을 피하여 먼지 낀 유리창을 쳐다보고 있었다.

"자식, 세 번이나 했다면서. 불쌍한 여자 몸을 탐냈으니, 긴 밤값을 물어야지."

경관이 눈웃음을 치면서 결론을 내리듯이 말했다.

"아주머니, 이 학생 배낭 가져와요. 그 안에 든 물품 하나라도 없어지면 아주머니가 도둑놈이 됩니다."

아주머니가 그 말에 밖으로 나갔다.

"나도 병원비를 받아야겠는데요."

깡다구가 엄살을 부리면서 말했다.

"자식, 젊은 놈이 재수 없다고 생각해야지. 어쩌자고 2대 1로 싸운 거야. 저 친구도 병원에 가서 진단서 끊으면, 서로 손해야. 피차 잘 해봐."

세철은 그렇게 말해주는 경관이 고마웠다. 저 친구가 병원에서 진단서를 떼고 고소를 하면 시끄러울 것이다. 우선 형과 유원이가 사실을 알게 되고, 잘못되어 학교에까지 알려지면 큰일이다. 그렇게 걱정하고 있었는데, 잘하면 경관 말대로 될 것 같았다.

아주머니가 세철의 배낭을 들고 들어왔다.

"자, 그 안에 있는 거 확인해봐. 없어진 거 없는지?"

경관이 여자로부터 배낭을 받아서 세철에게 넘겼다. 세철은 안에 들어 있는 것을 하나하나 확인했다. 그 배낭 안에는 허리에 차고 다녔던 돈주머니도 있었다. 마음이 놓였다.

"없어진 거 없습니다."

"돈도 잘 계산해봐."

"다 맞는 것 같습니다."

"자, 그러면 이제부터 집으로 가서 다시 계산을 해. 서로가 양보하고, 너는 여자와 세 판이나 했다니, 값을 제대로 내야 해. 그리고 너, 깡다구는 이 학생도 이렇게 피멍이 들도록 당했으니, 서로 쌤쌤 하는 거야. 아주머니는 어제 이 학생에게 약속한 대로 주소를 갖고 집을 찾아줘야 하는데, 그것은 파출소에서 하겠어. 이 학생에게 더 이상 추궁하거나 돈을 뜯지 마. 내가 이 바닥에 있는 이상 용서하지 않겠어."

경관이 엄포를 놓았다.

"학생, 가서 계산하고 여기로 와. 내가 집주소로 안내하도록 할게."

세철은 가슴이 뻥 뚫린 것처럼 마음이 놓였다. 여자가 거짓말을 해도 싫지 않았다. 세 번이나 했다고? 부끄럽지만, 다 잊어버릴 수 있다. 형과 유원, 그리고 학교에 이 일이 알려지지 않게 되었으니 천만다행이다.

세철은 경관에게 꾸벅 인사를 하고 그들을 따라 밖으로 나왔다.

골목에는 사람들이 새벽보다 더 많아졌다.

세철은 여자 방으로 들어갔다. 내가 언제 당신과 잤느냐고 따지고 싶었으나 참았다. 어제는 참 고맙게 생각되었는데, 이제는 보기도 두려웠다.

"거짓말해서 미안해. 여기 규칙이야. 하룻밤 이 방에서 지냈으니 같이 잔 것이나 마찬가지야. 안 잤다고 누가 믿겠어. 내가 솔직하게 말했다가는 맞아 죽어. 여기 규칙이야. 긴 밤을 자면 세 번을 해야 하는 것이 또한 규칙이야. 너도 어른이 되면 알게 될 텐데."

세철은 전대 안에 꼬깃꼬깃 말아서 두었던 돈을 내놓았다. 여자가 얼른 그 돈을 낚아채더니, 그중에 천 원짜리 한 장만 세철에게 주었다.

"모자라지만 봐줄게. 5000원 받는데 4000원만 받는 거야."

세철은 더 할 말이 없었다. 그래서 서둘러 일어났다.

"어젯밤에 못 해줬는데, 이제라도 한판 할까?"

여자가 세철의 오른편 아랫도리를 잡으면서 눈웃음을 쳤다.

세철은 붙잡힌 다리로 여자를 걷어차고는 뛰어나와 버렸다.

"아침 요기나 하고 가지."

뒤에서 아주머니의 말소리가 들려왔다. 귀신들의 소리 같았다.

3

전차를 타고 서울역에서 창경원까지 오는 동안 세민은 동생에게 한마디도 하지 않았다. 세철은 형이 낯선 사람처럼 생각되었다. 예전 형이 아니었다. 우선 의족을 해서 얼른 보기에는 건강한 사람과 다름이 없었다. 7개월 만에 만났는데, 의족을 해서인지 너무 변한 것 같았다. 걸을 때에 약간 기우뚱거리기는 했으나 보기가 괜찮았다. 세철은 그런 형의 모습에 부둥켜안고 울고 싶을 정도로 기뻤다. 그러나 형의 표정은 겨울 날씨처럼 싸늘했다.

서울역 파출소에서 가회동 파출소로 연락이 갔다. 가회동 파출소로부터 연락을 받은 세민은 바로 파출소로 가서 세철과 통화를 했다.

"어쩐 일이냐?"

세철은 형의 목소리를 듣자 울음부터 나왔다. 그런데 형의 딱딱한 말투에 질려버렸다.

"꼼짝 말고 그 파출소에 있어."

형이 두 번째로 한 말이었다. 동생을 걱정하는 말 한마디도 없이, 마치 도둑놈을 대하듯이 말투가 위협적이었다.

"싫어. 여기서 만나는 것은 싫어. 서울역 시계탑 앞으로 와."

세철이도 형의 태도에 부아가 치밀었다. 낯선 서울에 와서 깡패들에게 당했다면, 우선 걱정부터 해야 하는데, 무슨 큰 죄를 지은 사람처럼 대하는 것이 섭섭했다.

"왜, 네 일이 다 탄로 날 것이 두려워서 그래?"

세민은 동생의 태도가 심상치 않았다.

"난 여기가 싫어. 그러니 시계탑 앞으로 와. 난 거기서 기다릴 거야. 오고 싶지 않으면 안 와도 좋아."

세철은 화가 치밀어서 먼저 전화기를 내려놓고 말았다. 경관이 당당한 세철을 보면서 보통내기가 아니구나 생각했다.

"임마 형이 벌써 네가 한 짓을 다 알고 있어. 내가 가회동 파출소에 다 말했거든. 그러니까 형을 만나면 사실대로 말해. 공연히 거짓말했다가 혼나지 말고."

경관이 세철을 거들고 나섰다.

"아저씨가 뭘 아세요? 다 그 깡패들이 꾸며서 한 일인데, 아저씨는 제 말보다는 그네들 말을 더 믿지요. 나는 다 알아요. 모두 한통속이라는 것을……."

세철은 화가 나서 경관에게 분풀이를 하듯이 내뱉고는 얼른 밖으로 나왔다.

"아니, 저 자식 봐라. 누구에게……."

경관이 나가는 세철의 뒷등에 대고 버럭 화를 내다가 참았다.

"함부로 다니지 마라. 서울은 눈 감으면 코 베 먹는 곳이야."

경관은 다부진 세철이가 마음에 들어서 친절히 대해주었다. 막 문밖으로 나가던 세철은 다시 안으로 들어와 꾸벅 인사를 하고 나갔다.

"자식, 그래도 막돼먹은 놈은 아니군."

경관은 이제 형제가 만나면 어떤 일이 벌어질 것인가를 상상해보았다. 전화 통화를 하는 것을 보니, 그 형이란 작자도 보통은 아닐 것 같았다. 고등학교 2학년밖에 안 된 동생이 몸 파는 여자와 하룻밤 자고 돈을 다 털렸다는 것을 알았으니, 가만두지 않을 것이다.

파출소를 나온 세철은 줄달음을 쳤다. 다시는 파출소를 쳐다보고 싶지도 않았다. 처음에는 그 포주와 깡패들에게 당하지 않도록 잘 처리해주는 것 같았는데, 가만히 생각하니 모두들 짜고 한 것 같았다. 저편에서 폭행으로 고소를 한 것이나, 입을 맞춰 내가 돈을 내게 만든 것이나, 파출소와 한통속이 아니고는 그렇게 처리할 수 없었다. 겉으로는 봐주는 척했으나, 결국 세철의 여비를 다 빼앗기 위한 수작이었다. 저편에서는 아무것도 손해 본 것이 없었다. 그 여자도 공연히 헛소리를 해서 나를 어렵게 만들었다.

세철은 시계탑 앞에서 역 주변을 둘러보면서 기다렸다. 남산도 가까이 보였다. 서울역사의 그 뾰족한 지붕도 이채로웠다. 전차가 들어오면 타려고 달려가는 사람들, 손수레와 지게꾼들, 소리 지르면서 무엇을 팔려는 장사꾼들, 대합실을 가득 메운 사람들, 모두들 바삐 돌아다녔다.

지난밤 일은 생각할수록 화가 치밀었다. 두고 봐라. 내가 이놈들을. 세철은 이를 악물었다. 서울 사람들은 참 무섭구나. 어떻게 거짓말을 그렇게 쉽게 하는걸까? 그것도 나이 어린 고등학생을 상대로. 여비를 빼앗고서 얼마나 부자가 되려고? 그렇지 않으면 살아남지 못하겠지? 그 여자는 거짓말을 했어도 나쁜 여자 같지는 않았다.

한 시간 정도 기다렸는데, 형과 비슷한 사람이 다가왔다. 얼굴은 형이 틀림없는데, 두 다리가 말짱했다. 약간 기우뚱거리긴 했으나 예전처럼 한쪽 다리가 없어 바짓가랑이를 펄럭이면서 걷던 형은 아니었다.

"날 따라와!"

세민은 동생을 보는 순간 반가웠으나 꾹 참고서 인사말을 다 줄이고 모질게 말했다. 그제야 세철은 형을 알아봤다. 언젠가 편지에서 의족을 한다는 말이 생각났다.

세철은 자신이 꿈을 꾸고 있나 했다. 어찌 형이 저렇게 냉정할 수 있는가? 화가 단단히 난 모양이다.

전차를 타서도 세민은 아무 말도 하지 않았다. 이따금 흘끔흘끔 세철을 훔쳐보기만 했다.

창경원에서 내린 형은 앞장서 서울대학병원 후문으로 들어갔다. 여기가 의과대학이로구나. 형이 공부하는 학교를 구경시켜주려는 것인가 생각했다.

두어 걸음 앞장서 걷던 세민은 걸음을 멈추고 뒤를 돌아봤다. 세철이 뒤따라오는 것을 확인하고는 다시 걸어갔다.

병원 현관으로 들어선 세민은 진료 접수 창구에서 간호원과 이야기를 하더니, 일반 외과로 갔다.

"여기 앉아 기다려!"

세민은 뒤따라 들어온 세철에게 나무 의자를 가리키며 무뚝뚝하게 말했다.

둘은 나무 의자에 앉아 기다렸다.

"명세철."

간호사가 이름을 부르자 형제는 같이 진찰실로 들어갔다.

담당 의사는 세민과 아는 사이였다. 정 내과 원장의 대학 후배여서 종종 만나 인사를 나누는 처지였다.

"동생인가?"

"시골에서 올라와 서울역에서 깡패들에게 당했어요."

의사는 세철의 찢어진 얼굴 상처 부위를 보더니 그래도 다행이라고 했다. 눈썹 위에 가로로 10여 센티나 찢어졌는데 하룻밤을 지냈으니 치료가 오래 걸릴 것이라고 했다. 처치실로 들어가서 스무 바늘이나 꿰매었다. 그리고 어깨와 팔꿈치 상처에도 약을 발라주고 가제로 보호해주었다.

"이마에 난 상처는 진작 치료했으면 좋았을 텐데. 그래도 자국은 남겠지만 사내라 괜찮다. 상처를 보니까, 단단히 당했구나. 뭐 빼앗긴 것은 없니?"

의사는 웃으면서 세철을 위로해주었다. 세민은 얼굴이 화끈거렸다. 그러한 형의 표정을 보면서 세철은 가슴이 철렁했다.

"왜 없어요. 여비를 다 털렸어요."

"그 정도면 다행이지."

의사는 웃으면서 다 그렇게 당하면서 어른이 된다고 말했다. 세철에게는 '어른이 된다'는 말이 이상하게 들렸다.

'아니에요' 하고 말하려는데, 다시 형의 눈초리를 받았다.

세민은 약국에서 약을 받을 동안에도 아무 말을 하지 않았다. 세철은 형의 표정을 살피면서 그 뒤를 졸졸 따라다녔다. 세민은 비뇨기과 앞에서 뒤따라오는 세철을 흘낏 쳐다보았다.

"여기는 왜 와요?"

"잔말 말고 시키는 대로 해. 형 창피하게 만들지 말고."

"아무 일 없었어요."

세철은 형이 왜 비뇨기과에 왔는지 그제야 알았다.

"자식, 왜 거짓말해. 신세 조지려 하지 말고, 부끄럽기는 한 모양이구나. 못난 자식."

형을 만난 후 처음으로 긴 대화였다.

"내가 다 들었다."

세민은 어처구니없는 표정을 짓는 동생을 쏘아보았다. 파출소 경찰에게 사정을 들었던 것이다.

가회동 파출소에서 정 내과로 연락이 왔다. 시골 동생이 지금 남대문 파출소에 있으니 데려가라는 내용이었다. 세민은 오늘 저녁 오후 7시에 서울역에 도착한다는 전보를 받았는데, 파출소에 있다니? 순간 이상한 생각이 들었다. 하루 먼저 서울에 와서는 제할 일 다 하고 오늘 온 것처럼 하자는 것인가? 그놈은 그럴만한 놈이다. 세민은 아무에게도 말하지 않고 가회동 파출소로 찾아가서 남대문 파출소와 통화를 했다. 어젯밤에 일어난 일들을 자세히 들었던 것이다. 세민은 집안에서 알까 두렵고 창피했다. 그리고 생각할수록 부아가 치밀었다.

"형 아무 일 없었어. 파출소 경관이 한 말 다 거짓말이야. 개네들이 내게 돈 뜯기 위해 그런 말을 한 거야."

"듣기 싫어. 창피하게."

세철은 어젯밤 이야기를 사실대로 하려는데, 세민이가 버럭 화를 내면서 말을 막았다. 형으로서는 생각하고 싶지 않은 일이었다. 들어봐야 변명할 것은 뻔하다. 세철에게 형이 이렇게 화를 내는 것은 처음이다. 왜 화를 내는지 이해할 수 없었다.

어차피 형의 고집을 이길 수는 없다. 시키는 대로 고분고분 따를 수밖에 없다. 의사 앞에 그 소중한 물건을 내놓고 진료를 받았다. 병리검사소에 가서 검사용 혈액도 뽑았다.

"아직은 증세를 모르겠어. 잠복기도 있으니까."

의사는 웃으면서 말했다. 세철은 의사와 형이 주고받는 말을 들으면서 성병 검사를 한 거라고 짐작했다. 갑자기 형에 대한 분노가 치밀었다. 그 깡패들보다 형이 더 미웠다. 동생의 말을 믿지 않는 형이 남처럼 생각되었다. 그동안 형은 너무 변한 것 같다. 사람들은 왜 그러지? 그 하숙집 아주머니나 그 여자도 이해할 수 없다. 그렇게 사람들 마음과 입이 한순간 변할 수 있는 건가? 지금 형도 그들처럼 보였다.

"임마, 인생 잘못되는 거 순간이야. 왜 올라왔어? 그리고 전보는 오늘 저녁인데, 왜 어제 저녁에 내렸어."

"어제 왜 마중을 안 나왔어?"

"어제라고?"

전보는 오늘 저녁 7시라고 되었다는 것이다. 날짜가 하루 늦게 기재되었나 보다. 그제야 세철은 마음이 놓였다. 형이 마중 나오고 싶지 않은 거라고 오해했던 것이다.

"형을 속이면서 하루 먼저 와서 그런 곳에 가려고 그랬니?"

"아니야. 전보 날짜가 왜 그렇게 잘못되었는지 나도 몰라. 어제 저녁에 두 시간이나 기다리면서 얼마나 형을 원망했는지 알아?"

"이제는 거짓말도 밥 먹듯 하는구나!"

세민은 더 듣고 싶지 않았다.

"어머니께 허락받았어? 말도 하지 않고 올라왔지? 왜 왔어? 유원이가 보고 싶었냐? 자식, 공부할 나이에 여자에게 홀려가지고."

세철은 그 말에 화가 치밀었다.

"아니, 동생이 서울 구경 온 것이 그렇게도 못마땅해? 형만 서울에서 공부하면 다야? 동생이 오려고 하지 않아도 오라고 해서 서울 학생들 공부하는 것도 좀 보여주고, 서울 구경도 시켜줘야 하는 거 아니야? 내게 집안을 다 맡겨놓고, 도대체 형은 우리 집에서 뭐야?"

세철은 그동안 하고 싶었던 말을 쏟아놓았다. 세민은 얼떨떨했다. 예전에 생각하던 동생이 아니었다.

'난 형처럼 그렇지는 않아'라고 말하고 싶었으나 정작 말이 되어 입 밖으로 나오지 않았다. 그러나 언젠가는 말할 것이다.

'형은 몇 살 때 외양간에서 정 선생과 그 짓을 했어? 나는 이제 고2야. 그리고 창녀촌에 잡혀 들어가서도 내 몸을 지켰어. 나는 형과는 달라.'

이 말도 튀어나오려는 것을 겨우 참았다. 그것은 형이 나처럼 건강한 몸이 아니었기 때문이다.

"형, 나는 형이 생각하는 것처럼 그렇게 막돼먹지 않았어. 왜 형은 동생을 그렇게 믿지 못해? 나도 이제는 어른이야. 형이 없는 집안에서 어른들은 나를 믿어. 그러면 세상을 좀 알아야 하지 않겠어? 나는 누구에게도 지고 싶지 않아. 비록 서울역전 깡패라 하더라도 내가 꿀릴 수는 없었어. 그 동생에게 형은 도대체 뭐야. 내가 누굴 믿고 서울에 왔겠어."

세철은 울음이 터져나오려는 것을 억지로 참으며 말했다. 그 말에 세민은 움찔했다. 동생을 너무 믿지 못했던 것 같았다.

"너무 기가 막혀서 그래. 별별 생각을 다 했어. 서울이 어떤 곳인 줄 아니? 한 사람 신세 망치기는 순간이야. 아니 네가 어떻게 개들과 상대하려고, 사정해서 도망쳐 나올 일이지, 벽돌로…… 참, 정말 하나님이 도우셨지."

"형은 내가 그렇게 비겁하게 되기를 바라는 거야?"

"비겁? 임마, 네 행동이 용기라고 생각하니? 그것은 만용이야. 상황을 잘 판단해야지. 지혜가 없어. 너 혹시 그 파출소 경관의 말처럼 딴 생각이 있어서 그곳을 찾아간 거 아니었어?"

"형은 동생을 그 정도로만 봐?"

세철은 더욱 화가 났다. 그 지경이 된 동생을 위로해주지는 못할망정 만나자마자 병원으로 데리고 와서 비뇨기과에서 검사받으라는 그 마음을 이해할 수가 없었다.

"형, 동생의 말을 들어보고도 믿지 못하는 거야. 내가 여자하고 자고 싶어서 갔으면 조용히 자고 올 일이지 왜 벽돌로 그 깡패들과 싸웠겠어. 그놈들이 모두 한통속으로 내가 가진 돈을 다 털어가려고 경관과 짜고 거짓말을 한 거야. 난 언제고 그놈들을 가만 안 둘 거야. 서울 놈들은 다 개판이야. 다 거짓말쟁이고."

그 말에 세민은 정신이 번쩍 들었다. 그렇지. 여자를 탐내어 들어갔다면? 그렇다고 바로 동생의 말을 믿을 수는 없었다.

"네가 파출소에 붙들려 있다는 말을 들었을 때 제일 먼저 떠오른 얼굴이 누군 줄 아니? 어머님이야. 네 소식을 어른들이 알았다면…… 생각해봐, 형이 얼마나 놀랐겠냐?"

"놀라긴 사람이 죽기라도 했어?"

"자식, 사람 잘못되는 거 순간이야."

세민은 어떻게 동생의 마음을 달랠까 궁리했다. 생각해보니 너무한 것 같았다. 동생이야 이 서울 바닥에서 믿을 사람이 형밖에 없는데, 너무 야박하게 대했으니 섭섭했겠다 싶었다.

"배고프지. 우선 요기부터 하자."

세민은 의대 정문을 나와 사천성이라는 중국집으로 향했다. 그곳은 의대 정문에서 왼편의 혜화동 로터리 쪽으로 조금 걸어가니 있었다. 거기에서 정 선생을 만나기로 약속했었다. 그런데 파출소에서 깡패들을 만나 싸웠다는 말을 듣고서 병원부터 생각했던 것이다.

"정 선생을 만나기로 약속했는데, 아무 말 말고 깡패들에게 맞았다고만 해. 싸웠다고 말하지 말고. 그리고 어젯밤 일은 이야기하지 마. 유원이가 이 사실을 안다고 생각해봐. 실망이 얼마나 크겠니? 어젯밤 일은 나와 너만 아는 일이다. 알았니?"

세민은 중국집으로 가면서 동생에게 단단히 일러놓았다. 세철은 상처 난 얼굴로 정 선생을 만나고 싶지 않았다. 이런 모습으로 정 선생과 유원이를 만난다고 생각하니 머릿속이 복잡해졌다. 더구나 규석을 만나면 놀림감이 될 것이다. 섬놈 주제에 서울에 와서 두들겨 맞기나 하고. 도저히 참을 수 없었다.

"형, 나 어디 하숙집 구해줘. 아는 사람들을 만나고 싶지 않아. 창피해서."

세철은 형의 바지 자락을 붙잡고 잡아당겼다.

"뭐? 하숙집을 구해달라고?"

너무 엉뚱한 대답이었다.

"그래. 형도 나 때문에 창피할 것이고, 나도 그래. 어른들도 만나야 하고, 유원이랑 규석이랑, 난 도저히 이 얼굴로 그들을 만날 수 없어. 내가 집에 연락해서 돈을 부쳐달라고 할 테니, 하숙집 좀 구해줘. 이 상처 나을 때까지만……."

세민은 순간 동생의 결의에 찬 모습에 가슴이 서늘해졌다.

동생의 자존심을 알 것 같았다. 예전에 중2 때도 시골에서 왔다고 아이들로부터 당할 때에도 그랬지. 세민은 시계를 보더니 얼른 세철을 끌고 사천성 옆 골목으로 들어갔다.

"그럼 너 혼자서 점심을 먹고 기다려. 내가 정 선생과 약속을 했으니, 만나고 오마."

세민은 동생을 골목 안 국밥집으로 데려다놓고서 사천성으로 들어갔다. 기분이 묘했다. 순간 세민은 비록 자신이 형이지만 동생을 따라갈 수 없는 것도 있구나 싶었다. 어떻게 그런 생각을 할 수 있었을까? 사실 세민에게도 부끄럽고 창피한 일이었다. 그런 동생의 모습을 정 선생 식구들에게 보이기가 싫었다. 그러나 세민은 그런 처지를 피해갈 아무런 생각도 하지 못했다. 저놈의 머리에서 어떻게 히숙집에 머무를 생각을 했을까? 방학이 되어서 고향으로 내려간 친구들이 생각났다. 그네들이 살았던 하숙집에 부탁하면 된다. 순간 동생의 놀라운 지혜에 감탄했다. 가슴이 넓어지면서 동생이 너무 대견했다.

4

세철은 아무도 모르는 곳에서 혼자 사는 것이 자유스럽다는 것을 알았다. 의대생들을 상대로 하숙을 치는 집인데, 하숙생들이 잠시 고향으로 내려가서 집 안은 조용했다. 마흔 살이 넘은 여자주인에게는 고3인 민철이라는 큰아들과 딸, 그리고 중학생 아들이 있다. 남편은 한국전쟁 때 돌아가셨다는 말을 들었다. ㄷ자형 한식 기와집에 방들이 나란히 있는데, 세철이가 그중에 한 방을 7월 말까지 두 주일 동안 쓰기로 했다.

세철은 이틀에 한 번씩 병원에 들러 상처를 치료받았다. 그리고 나니 할 일이 없었다. 책을 가져오기는 했으나 공부할 생각이 나지 않았다. 혼자 지낼 때에 서울 구경이나 실컷 하자고 마음먹었다.

민철에게 전차 노선을 대강 들었다. 치료를 받고 병원 후문으로 나오면 창경원 전차 정류장이다. 거기서 전차를 타고 영등포역까지 갔다. 거기서 내려 역 주변을 돌아다니다가 다시 시내로 들어오는 전차를 타고는 서울역에서 내렸다. 서울역 광장이 한눈에 들어오는 시계탑 앞에서 사람 구경을 했다. 그날 싸웠던 그놈을 만나고 싶었다. 그 아주머니는 만나서 따지고 싶었다. 그 파출소에 가서 따질까? 서울 생활 며칠이 지나지 않았는데, 이상하게 오기가 생겼다. 손님을 끄는 양아치들이 보였다. 손님들을 데리고 식당으로도 갔고, 또 그날 밤처럼 여자 있는 집으로도 가는 것도 같았다. 지게꾼들이 서로 짐을 차지하려고 싸우기도 했다. 탄탄한 체격의 젊은이가 공연히 허세를 부리면서 지게꾼들과 리어카꾼들에게 시비를 걸기도 했다. 가방 크기만 한 목판에 미제 물건을 늘어놓고 들고 다니면서 팔기도 했다.

서울역 시계탑 앞에 서서 역 광장 주변에 어슬렁거리는 사람들 구경에 재미를 붙였다. 처음에 서울역에서 속아 하룻밤 지냈던 그 집은 남대문 못 미쳐 오른편으로 들어간 골목에 있었다. 대낮인데도 몸을 파는 여자들이 활개를 치면서 오갔다. 문득 그 옥자라는 여자 생각이 났다. 왜 내게 거짓말을 했을까? 착하게 보였는데, 내 얼굴의 상처를 닦아주던 그 손길과 파출소에서 거짓말하는 그 입술이 어떻게 그리 다를 수 있을까? 그러다가 그 여자의 벌거벗은 모습이 떠올라 가슴이 울렁거리면서 얼굴이 화끈거렸다.

세철은 청량리행 전차를 탔다. 역마다 전차를 타고 내리는 사람들을 유심히 살펴보았다. 겉보기에도 별별 사람이 다 있었다. 전차 안에서 장사하는 학생도 있었다. 고학생이라면서 역시 미제 물건을 팔았다.

전차 안에서 바깥을 보는 것도 재미있었다. 큰 건물이 지나가면 옆에 앉은 사람들에게 그 건물 이름을 물었다. 그리고 그것을 외웠다. 그렇게 며칠 지나는 동안에 서울 지리를 대강은 알 것 같았다. 변두리를 제외하곤 서울역과 시청, 중앙청, 종로, 을지로, 퇴계로 길들이 나란히 이어져 있다는 것도 알게 되었다.

하루 종일 전차를 타고 돌아다니면서 서울 구경을 하다가 저녁이 가까워지면 하숙집으로 돌아왔다. 주인아주머니가 등목을 하라면서 뒤꼍을 가리켰다. 거기에는 펌프 우물이 있고, 그 옆에 ㄷ자형으로 된 판자로 가려져 있어 더위를 식힐 목욕을 할 수 있도록 되어 있었다. 서울에 와서 목욕을 한 지도 며칠이 되었다. 발가벗고 양동이에 가득 채워진 물을 바가지로 퍼서 머리에서부터 뒤집어썼다. 냉기가 온몸으로 퍼지면서 뼛속까지 시원했다. 두어 번 물을 뒤집어쓰니 기분이 상쾌하면서 마음은 마치 고향집에 온 것처럼 여유가 생겼다. 고향집보다 더 자유스러웠고 편안했다. 집에는 어른들이 계셔서 늘 마음을 써야 하는데, 여기서는 그럴 필요가 없었다. 완전한 자유이다. 며칠 전만 해도 낯설고 두렵고 불안했던 서울이었는데, 며칠 사이에 이렇게 기분이 변한다는 것이 이해할 수 없었다.

세철은 천천히 때를 밀었다. 제주에서 지니고 온 때를 다 털어내듯이 밀었다. 때가 잘 일어났다. 거무튀튀한 때가 무슨 벌레처럼 밀면 밀수록 튀어나왔다. 나무로 된 받침대에 앉아 몸에 묻은 때를 한 톨도 남기지 않으려고 천천히 밀었다. 지금 누구도 나를 간섭할 사람이 없다.

제주에서는 여름 목욕을 하려면 한밤중에 산지천으로 가거나 용연에 가서 멱을 감았다. 물이 워낙 귀해서 집 안에서는 목욕할 엄두를 낼 수 없었다. 그런데 서울에서는 이렇게 마음대로 목욕을 할 수 있다니, 지금 자신의 처지가 낯설게 느껴졌다.

방으로 들어와 돗자리 위에 벌렁 누웠다. 문마다 발이 쳐져 있어서 밖에서 안이 보이지 않았다. 등이 시원하고 가슴이 넓어지는 느낌이다. 누구의 간섭도 받지 않고 지내게 되었다. 마음 쓸 사람도 없다. 형이 있으나 나를 바라보는 표정이 예전과 같지 않았다. 중학생 때와는 다르다는 것을 느꼈다. 이제 나는 고등학생이다. 요전에 형에게 마구 퍼부었더니, 그 후로 나를 대하는 눈길이 달라졌다. 이렇게 여유로운 마음은 어디에서 오는 것인가? 곰곰이 생각해보았다.

아침에 나가 무더운 날씨에 하루 종일 돌아다니니 덥기는 했으나 마음은 편했다. 아는 사람이 없어서 좋았다. 얼굴 상처도 아는 사람이 없으니 마음 쓰지 않아도 되었다. 제주에서는 사소한 싸움을 해도 그 뒷날 학교 안에 소문이 좍 퍼졌다. 이틀만 지나면 모든 학교 학생들이 알게 된다. 직원실에 가서 선생님을 만나도 아이들은 무슨 큰일을 저질렀는지 궁금해하면서 소곤거렸다. 소문이 숙모와 숙부에게 전해질까, 고향 어른들이 아실까 걱정이 되었다.

제주에서는 여러 사람의 눈총에서 벗어나지 못하고 생활했다. 이제 서울에서는 누구도 나를 상관하지 않을 것이다. 내가 창녀의 집에서 하룻밤 보낸 것을 아는 사람은 파출소 경관과 형뿐이다. 형은 입을 다물 것이고, 파출소 경관이야 그런 일을 기억해둘 여유가 없을 것이다. 그리고 서울 온 첫날 서울역 깡패들과 싸웠으니, 이제 누구도 무섭지 않았다. 그렇게 생각하자 마음이 한결 가벼워졌다. 이제 서울에서 형의 간섭이나 도움을 받지 않고도 혼자서 충분히 살아갈 수 있을 것 같았다. 학비는 집에서 보내줄 것이고, 어차피 대학은 서울에서 다녀야 하니까, 예상보다 한 1년 반쯤 먼저 서울에 올라오는 것이니 어른들도 만류하지 못할 것이다. 그러면 이대로 여기에 눌러앉아버릴까? 형이 놀랄 것이다. 그러나 이제 나는 형의 그늘에서 살아갈 나이는 아니다. 그렇게 생각하자 마치 서울에서 학교를 다니기로 결정을 내린 것처럼 긴장되었다. 그러다가 고개를 흔들었다. 아니다. 그렇게 나를 인정해주는 고향

학교를 떠날 수 없다. 친구들, 나를 믿는 선생님들, 그 여러 사람들을 배신할 수 없다. 서울 생활이 만만치 않은데, 일부러 어려움을 사서 할 필요는 없다. 그렇게 생각하자 마음이 한결 가벼워졌다.

마당에서 사람 기척이 났다. 민철이가 온 모양이다. 방학이지만 학교 도서관에서 공부한다고 매일 도시락을 싸들고 등교했다. 그리고 오후 네다섯 시에 집에 와 잠시 쉬고 저녁을 먹은 후에 다시 학교로 가서 열 시가 넘도록 공부하다가 돌아왔다. 세철이는 겨우 눈인사만 주고받았다.

학교에 도서관이 있으니 얼마나 좋을까? 제주에는 도서관이 있는 학교가 없다. 도서관은커녕 교실도 변변하지 않다. 이 집 아들을 따라 학교에 한번 가볼까? 정 선생이 대학을 졸업하고 교사가 되었다는 말을 들었다. 중학교일까, 고등학교일까?

규석과 유원을 만나면 서울 학교 사정을 잘 알게 될 것이다. 그들은 모두 명문 고등학교에 다닌다고 들었다. 만약 내가 서울에서 학교를 다닌다면 어떤 학교에 입학할 수 있을까? 막상 들어간다고 해도 규석과 유원을 상대할 수 없을 것이다. 시골에서 편입을 하는 처지에 좋은 학교에 가기는 어려울 것이다. 그러면 규석은 날 우습게 볼 것이다. 섬에서 올라온 시골뜨기로 취급할 것이다. 도와준다고 해도 친구로서가 아니라 가련한 처지에 있는 시골 학생에게 베푸는 마음으로 상대할 것이다.

"학생, 손님 왔어요."

아주머니 목소리에 세철은 정신을 수습하고 후다닥 일어나 마루로 나갔다. 이 집 아들이 등목을 하고 들어서고 있었다. 세철은 고개를 까딱하고 인사를 했다.

"어서 들어와요, 정 선생. 오후가 되어도 날이 너무 덥네요."

마당에는 양장 차림의 여자가 서 있었다. 세철은 누구인지 얼른 생각나지 않았다.

"세철이도 몰라보게 컸구나! 나 모르겠어?"

정 선생은 멍청하게 서 있는 세철의 손을 덥석 잡으면서 환하게 웃었다.

"선생님 오셨어요?"

이 집 아들이 정 선생에게 인사를 했다.

"아, 방학에도 공부하느라 바쁘지?"

세철은 얼떨떨해서 말이 나오지 않았다. 제주에서 보던 정 선생이 아니었다. 너무나 아름다웠다. 피난민 대학생이 아니라 제주에서는 좀처럼 볼 수 없는 숙녀였다.

정 선생이 툇마루에 앉았다.

"거기가 시원할 거예요. 우리 집에 오랜만에 오셨지요?"

주인아주머니가 반갑게 맞았다.

"예. 직장을 갖게 되니 공연히 바쁘네요. 그동안 편안하셨죠."

서로가 잘 아는 사이였다. 세민의 친구들이 하숙을 하니까, 종종 들렀던 것 같았다.

"상처가 많이 나았구나! 며칠만 더 다니면 되겠네."

정 선생은 어색하게 곁에 앉아 있는 세철의 이마에 난 상처를 가만히 들여다보았다. 세철은 얼굴이 빨개졌다. 상처에 대해서 묻지 않는 것을 보면 이미 사정을 알고 있는 것 같았다.

"전보를 쳤는데, 날짜가 잘못되어서 우리가 마중을 못 나갔어요. 우리를 기다리다가 깡패들에게 붙잡혀 갔는데, 아니, 그네들과 한바탕 싸움을 했다는 거 아닙니까? 용기가 대단하지요?"

정 선생은 주인아주머니와 그 아들에게 세철의 이야기를 자랑스럽게 말했다.

"이 동생은 제주에서 공부도 제일 잘하고 싸움도 제일 잘하는데, 서울역 깡패들과 붙었으니, 참 장하지."

민철은 눈을 둥그렇게 뜨고 세철을 보면서 놀라워했다.

"아니, 시골에서 올라온 학생이 무섭지도 않았어? 그래도 이만했으니 다행이다."

아주머니도 세철이가 보통내기가 아니라고 생각했다.

"이 상처가 창피해서 우리 집에 안 들어오겠다는 거 아닙니까? 친한 여자 친구도 있어서 보이기가 부끄러워서 나을 때까지 신세를 지게 된 겁니다. 아니, 깡패들과 싸우다 상처를 입은 것이 뭐가 부끄럽다고, 이 동생은 자존심도 대단해요."

정 선생은 계속해서 세철을 동생이라고 하면서 칭찬했다.

세철은 부끄러워서 얼굴을 들 수가 없었다. 허공에 시선을 두고서 이젠 그만 말했으면 했다.

"유원이도 같이 오려고 했는데, 오늘 교회에서 행사가 있어. 나보고 상처가 얼마나 크냐고 잘 보고 오라더군. 세철은 서울에 오는 즉시 아주 유명해졌어."

정 선생은 아주머니가 내놓은 미숫가루를 들면서 이야기를 계속했다.

"우리가 제주에 피난 갔을 때에는 초등학교 6학년생이었는데, 벌써 이렇게 커서 서울역 양아치들과 싸움을 붙을 정도가 되었으니……."

그러면서 소리 내어 웃었다.

"그만하세요. 저 형님께 혼났어요. 미련한 놈이라고."

듣다 듣다 못해서 세철이가 한마디 했다.

"그래? 아마 형님도 마음으로는 동생이 대견했을 거야. 말은 그렇게 했어도."

정 선생은 형의 말의 진의가 다른 데 있다고 생각했다.

"아니에요. 형님은 절 아주 어린애로 취급하세요. 형이니까 그렇겠지만요."

정 선생은 세철의 말을 들으면서 동생은 도량이 넓은데 형은 그렇게 생각이 틈이 없을까 생각했다.

정 선생은 계속해서 제주 피난 시절 이야기를 늘어놓았다. 할아버지 할머니와 어머니 이야기였다.

"우리가 그 피난 시절에 세철이 할아버님의 도움을 많이 받았지요. 전쟁으로 고아가 된 아이들을 모아 보육원을 했는데, 우리가 제주에 도착해서 세철이네 고향 마을에 머물게 되었어요. 그런데 그 마을에는 보육원을 할 만한 집이 없었어요. 우선 텐트를 쳐서 큰 아이들을 수용했고, 어린아이들은 세철이네 집 사랑방에서 지내게 되었지요. 할아버님과 할머님, 그리고 세철의 어머님이 얼마나 어린아이들을 아껴주시는지, 시골 분인데도 도량이 넓고 세상을 바라보시는 안목이 보통이 아니셨어요. 그러니까 세민 씨를 중학생 때부터 서울로 보내셔서 공부를 시켰겠지요. 더구나 그즈음에 세민 씨가 학도병으로 입대했다가 한쪽 다리를 잃고 귀향했으니, 얼마나 마음이 아프셨겠어요? 하지만 전혀 그런 기색을 보이지 않으셨어요."

정 선생은 제주에서 살았던 이야기를 민철의 어머니에게 자세하게 들려주었다. 등목을 마친 민철이와 어머니도 그 이야기를 이해하겠다는 듯이 연신 고개를 끄덕였다.

"그래서 제가 세민 씨를 좋아하게 되었어요. 어른들이 얼마나 마음이 넓으신지, 참 좋으신 분들이었어요. 이 동생은 막내인데, 형이 집을 떠나오니까 집안일을 다 맡아하고 있어요. 형 때문에 서울에 와서 공부를 못하고 있지요."

결국 이 이야기를 하려는 것이다. 아주머니는 고개를 끄덕였다. 아마 정 선생 같은 분이 다리가 불편한 섬 청년을 사랑하게 된 그 사연이 궁금했었는데 이제 이해가 되는 것 같았다.

"몸조리 잘하고, 이 기회에 서울 구경이나 실컷 해. 언제 이렇게 한가하게 쉴 수 있겠어."

정 선생은 그만 가보겠다면서 일어났다. 대문으로 따라나선 세철의 손을 잡아주며 핸드백에서 봉투를 꺼내 세철의 바지주머니에 찔러주었다.

"용돈해라. 돈도 다 털렸다면서. 그거 하나도 마음 쓰지 말고, 알았지?"

정 선생은 세철의 등을 도닥여주었다. 순간 세철은 가슴이 찌르르하면서 온몸이 굳어졌다. 마음씨 고운 사람을 대할 때마다 갖는 감동이 온몸의 혈관을 타고 퍼졌다. 눈물이 날 것만 같았다.

세철은 큰길까지 따라나섰으나 아무 말도 하지 못했다.

"들어가. 다음에는 유원이와 같이 올게. 유원이에게 세철이가 아주 잘 있다고 전할게."

정 선생은 다시 환하게 웃었다. 마음씨가 고운 사람은 남의 마음도 잘 알아준다니까. 세철은 유원에게 전해준다는 말에 다시 가슴이 뛰었다.

집에 들어오자 아주머니가 대견하다는 듯이 세철을 보며 웃었다.

"난 그런 줄도 모르고. 앞으로 있는 동안 친하게 지내자. 언제 우리 학교에 한번 가볼래?"

민철이도 친절하게 말했다.

"고마워요, 형. 이제부터 형이라고 부를게, 난 2학년이니까. 난 서울이 처음이라서 모든 것이 어리둥절할 뿐이야."

아주머니는 둘이 친해지는 것을 보고서 흐뭇해했다.

세철은 방으로 들어와서 정 선생이 주고 간 돈 봉투를 열어보고 깜짝 놀랐다. 백 원짜리 10장과 천 원짜리 4장이 들어 있었다. 내가 깡패들에게 빼앗긴 그 액수이다. 정말 고마운 분이구나.

벌렁 돗자리에 누워 천장을 바라보는데 정 선생 얼굴과 유원의 얼굴이 나타났다. 형의 얼굴이나 고향에 계신 어머니와 할머니 모습은 떠오르지 않았다. 좀 전에 아는 사람이 없고, 간섭할 사람이 없어서 자유롭고 한가하게 생각되었는데, 이제는 그 한가롭고 자유로움이 모두 달아나버렸다. 정 선생과 유원, 규석, 정 원장 선생님. 이제 치료를 다 받으면 그 집으로 가야 한다. 여기에 계속 머물겠다고 떼를 쓸까? 여기 하숙할 수 있을까? 아니, 제주에 내려가지 말까? 민철 형과 친절한 아주머니, 그들이 나를 조금 알게 되었으니 나도 그들의 관심에서 자유로울 수 없다. 자유로움과 한가함은 생각했던 그 순간뿐이었구나. 사람들은 사람과의 관계에서 벗어날 수 없는가? 그렇게 살고 싶다면 무인도로 가야 한다. 무인도에서 누리는 자유와 한가함이 진정한 자유이고 한가함일까? 문득 그러한 생각들이 떠올랐다.

"세철아! 저녁 먹자."

아주머니는 세철을 불러 같이 저녁 식사를 했다.

"이제는 한 식구라고 생각해."

아주머니의 음성이 세철의 귀에는 숙모의 목소리로 들렸다. 이 낯선 곳이 숙모 집처럼 느끼지는 것이 이상했다.

5

오후 네 시쯤에 규석이가 유원이와 함께 하숙집에 들렀다. 유원은 저번에 한 번 다녀갔는데, 규석은 처음이다.

"나야, 정규석. 세철이도 너무 커서 못 알아볼 뻔했다. 우리 몇 년 만이니?"

규석은 여드름이 심하게 난 얼굴에 안경까지 써서 알아볼 수 없었다. 둘은 손을 잡고 흔들면서 지난 시간을 잠시 생각했다. 규석은 세철이가 역전에서 당한 일을 고모로부터 대강 들었다. 정 선생이 세철의 의협심을 강조하려고 말했던 것이다. 규석은 서울 토박이인 자기가 역전 양아치를 만났다면 어떻게 처신했을까 생각해보았다. 아마 사정을 해서라도 도망쳤을 것이다. 그런데 시골에서 처음 올라온 고등학생이 겁도 없이 벽돌로 양아치의 뒤통수를 쳤다니? 양아치가 시골 학생에게 맞아 고소한 일도 처음 있는 일일 것이다. 규석은 세철의 눈 위에 난 상처를 보면서 제주에서 보육원 깡패들에게 맞아서 미군 병원에 입원했던 일이 떠올랐다.

유원은 처음 세철을 보러 왔을 때를 생각했다. 정 선생이랑 마당으로 들어섰는데, 세철이가 방 안에 누워 책을 읽다가 벌떡 일어나 툇마루로 나왔다. 큰 키에 여드름투성이인 얼굴로 유원을 쳐다보는 그 눈빛이 유원의 가슴에 후벼들었다. 유원은 빙긋이 웃고는 아무 말도 하지 못했다. 그녀의 기억의 창고에 남아 있는 중학생 세철의 모습과 겹쳐지면서 혼란스러웠다. 그때 눈 위에 가제로 가려진 상처를 보았다. 순간 제주에서 보육원 깡패들에게 맞아 온통 얼굴을 붕대로 싸매고 도립병원 병상에 누워 있던 세철의 모습이 떠올랐다. 어딜 가나 싸움은 그치지 않는구나! 싸움꾼으로 살아가려나? 이상한 예감이 스치면서 측은했다.

"서울의 첫인상이 안 좋았겠구나. 서울이란 데가 그런 곳이야. 온갖 사람들이 다 모여 있으니까. 좋은 경험 했다. 이제는 서울에서 누굴 만나도 두렵지 않을 거야."

규석은 섬에서 올라온 처지에 깡패들에게 기죽지 않고 당당하게 대했다는 것이 부러웠다. 자기로서는 상상도 할 수 없는 일이었다.

"내가 뭘 몰라서 그랬지. 무식하면 용기가 생긴다는 말이 있지. 그런데 그 양아치들도 진짜 깡패는 아닌 것 같아. 합법적으로 내 돈을 빼앗기 위해 고소를 한 것을 보면, 착한 양아치들이야."

세철은 심각한 표정을 짓고 있는 두 사람을 웃기려고 한마디 했다. 유원은 여유 있는 세철의 모습이 대견했다. 모범생으로 살아가는 규석과는 전혀 다르다. 피난 시절의 그 해변 마을, 규모가 반듯한 세철의 집안 정경이 떠올랐다. 농가인데도 마당에 깔려 있는 짚은 흐트러져 있지 않았다. 바람이 많은 시골인데도 툇마루는 거울처럼 윤이 났다. 여학생의 단발머리처럼 잘 정돈된 초가지붕 처마, 막내인 세철에게 손톱만큼 작은 잘못도 용서하지 않는 어머니의 모진 마음, 아버지 없는 자식이라고 남의 손가락질을 받을까봐 자식을 그렇게 키운다는 그 어머니의 한숨 섞인 말을 들은 적이 있다. 그런데 그러한 집안 분위기가 갑갑하다는 듯이, 세철은 항상 얼굴에 상을 찌푸리고 지냈다. 그런데 그가 유원의 앞에서는 인상 쓰는 주름을 펴고 웃으려 했다. 이제 그 악동이 어른처럼 의젓한 모습으로 나타났다. 처음 그를 만났을 때 유원은 겨우 인사만 했다. 오늘 규석과 다시 와서 만나서도 할 말은 많았지만 선뜻 입이 열려지지 않았다.

민철이가 저녁을 먹으러 집에 들어오자 세철은 작별 인사를 하고 집을 나왔다.

"종종 놀러 와라."

민철의 모자는 큰길까지 나와서 배웅해주었다. 세철은 두 주일 동안 머물렀던 이 집이 정들었다. 이렇게 좋은 사람들이 있는데, 역전 사람들은 왜 그럴까?

"저분들은 참 마음이 넓고 좋은 분들인 것 같다. 서울에는 역전 양아치만 있는 것은 아니니까."

"나도 그렇게 생각했어. 역전에서 당한 불쾌한 일들이 하숙집 아주머니 친절 때문에 다 녹아버렸어."

세철은 역전에서 당한 일이 자기 탓처럼 말하는 규석의 마음이 고마웠다. 사실 육지나 서울 사람에 대한 인상이 좋지 않았다. 제주에서 피난민 학생 중에 깡패가 많았다. 특히 보육원 아이들은 악명을 날렸다. 규석도 그 일을 미안하게 생각하고 있었다.

"서울이라는 곳이 한국의 축소판이야. 별별 사람들이 다 모여 사니까, 한국에서 일어나는 안 좋은 일들이 다 여기로 모여든다니까."

"그동안 전차를 타고 서울 곳곳을 돌아다니면서 그런 것을 느꼈어. 세상이 참 묘하게 돌아간다는 것도 배웠고……."

세철은 전차를 타고 서울 구경을 한 이야기를 했다.

"우리가 처음 만났던 때가 언제냐? 초등학교 6학년 때였으니까, 이제는……."

셋은 서로 얼굴을 마주 보면서 웃었다.

세철은 자기가 독차지해서 1등을 했는데, 어느 날 피난민 학생들이 오면서 1등을 빼앗기자, 담임선생 하숙집에 심부름을 간 김에 시험문제를 알아내어 1등을 도로 찾았던 일이 생각났다. 그 이야기를 할까 하다가 그만두었다. 그 이후에도 세철은 규석을 경쟁상대로만 생각했는데, 지금 그가 이야기하는 투를 보니, 오히려 미안했다. 그는 나를 그렇게 생각하지 않는데, 나는 왜 이러지? 생각이 옹색해서 그런가? 아니면 남에게 지기 싫어하기 때문에, 모든 면에서 규석에게 뒤지기 때문에 심술이 나서 그런가? 세철은 오랜만에 규석을 만나면서 그에 대한 자신의 감정을 생각해보았다.

창경원 정거장에서 전차를 타고 가면서 규석은 계속 서울 이야기를 했다. 창경원을 지나 비원과 종묘와 인왕산과 북악산을 가리키며 일일이 설명해주었다. 유원은 그러는 규석이가 어른스러워 보였다. 세철은 규석이가 고마웠다. 고아원 아이들이 남원에 왔을 때에 세철은 적의에 찬 눈으로 그들을 상대했다. 운동장에서 돌멩이를 들고 피난민 아이들과 싸움을 하려 했던 일도 떠올랐다.

중앙청역에서 내려 걸어서 병원으로 오는 동안에도 큰 건물들과 주변에 대해 설명해주었다. 앞으로 함께 살아갈 처지라는 것을 은근히 알려주는 것이다. 그런데 정 내과 병원 건물 앞에 섰을 때 세철은 전혀 딴 세상에 온 것처럼 생각되었다. 붉은 벽돌 3층 건물 현관으로 들어서자, 정 원장이 나와서 포옹하면서 반겨주었다. 제주에서 만났던 보육원 원장이 아니었다.

"세철아, 잘 왔어. 정말 잘 왔어. 집안 어르신들께서는 다 평안하신가?"

하얀 가운에 안경을 쓴 얼굴에는 온화함이 가득 넘쳤다. 세철은 지금까지 이렇게 자기를 반갑게 맞아주는 사람을 만난 적이 없었다.

"규석아, 네 방에서 잠시 쉬면서 이야기를 나누고 있어. 여섯 시에 브라운 선교사님이 안식년으로 미국으로 돌아가시게 되어서 송별 모임을 갖는데, 세철의 환영회도 그때 같이 하도록 하지."

세철은 그 말뜻을 몰랐다. 환영 모임이라니, 내가 이 집에서 그렇게 소중한 존재인가? 역전 일을 안다면 이들이 나를 벌레 보듯 할 텐데. 창녀집에서 하루를 잤고, 양아치들과 싸움을 했고, 파출소에 고소를 당해서 여비로 다 물어주고……. 세철은 부끄러우면서 불안했다.

유원과 같이 규석의 방으로 갔다. 병원 뒤에 큰 한옥이 ㄱ자형으로 앉아 있었다. 병원 벽돌 건물과 한옥 사이에는 잔디밭이고, 한쪽에는 작은 연못과 꽃밭도 마련되어 있었다. 규석이네 증조할

아버지가 큰 벼슬을 했다는 말을 들은 적이 있다. 규석의 할아버지는 개화기에 정치에 대한 꿈을 접고 일찍이 서양 문물을 받아들여 기독교를 믿고 의학을 공부했다. 일본 강점기에도 계속 교회 일과 병원 일을 하면서 사회활동을 많이 했다는 말을 형이 어머니와 할머니 앞에서 했던 적이 있다.

"그러한 집안에서 널 사위로 삼겠다니, 이해할 수 없구나."

할머니는 오히려 걱정했고, 어머니는 잠잠했다. 그때 일이 떠올랐다.

규석의 방은 넓었다. 두 벽이 온통 책으로 채워져 있었다. 세철은 방으로 들어서는 순간 기가 질렸다. 규석과 자기는 살아가는 세계가 완전히 다르다는 것을 알았다. 제주 숙모 집 바깥채 뒷방, 그 방을 혼자 쓰는 것만으로도 제주에서는 드문 일이다. 그런데 규석의 방은 그 방의 세 배쯤 되었다. 한쪽에는 침대도 있고 책상도 넓었다. 앉은뱅이책상에 비할 바가 아니었다.

"이 방은 돌아가신 삼촌이 쓰셨는데 내가 쓰고 있어. 삼촌은 대학에 다니시다가 전쟁에 의용군으로 끌려가 행방이 묘연해. 돌아가셨겠지. 서울을 빠져나가지 못하고, 혼자 이 집을 지키다가 북한군 의용군으로 끌려갔다는 것을 삼촌이 남겨놓은 메모에서 알게 되었어. 이 집은 북한군이 점령했던 기간에는 인민군 병원으로 썼어. 수복한 다음에 수리해서 쓰고 있지. 이 책들은 삼촌이 보던 책들이야. 인민군들이 이 집을 쓰면서도 퇴각할 때에 그대로 다 두고 갔어. 어쩌면 삼촌은 이북으로 끌려갔을 수도 있어. 의대생이었으니까, 의용군으로 입대했어도 의료 분야에서 일하게 되었을지도 모르니까. 아버님도 그런 기대를 하시는 것 같아.”

규석의 말을 들으면서 세철은 자기와는 전혀 다른 환경에서 살고 있는 그들임을 알았다. 유원이네도 그럴 것인가?

“이따가 우리 집에 가보자. 궁금하지?”

“어른들은?”

유원의 말에 세철은 문득 전쟁이 끝나 서울에 가면 혹시 부모님을 만날지 모른다고 말했던 것을 기억했다.

“고모님과 동생 둘을 만났어. 일요일에 동생들이 정릉에 사시는 고모네 집에 놀러갔다가 집으로 돌아오지 못해서 그동안 헤어져 있었는데…….”

세철은 그 말을 들으면서 제주에서도 어린아이들의 궂은일을 도맡아 했던 유원이가 소녀 가장이 되었구나 생각했다.

“동생들을 만났다니, 참 다행이다.”

말하고 보니, 부모님을 만나지 못한 처지에 위로의 말이 안 된다고 생각했다.

병원 회의실에서 브라운 선교사 환송 모임이 시작되었다. 모인 사람들은 병원과 고아원 직원들이었다. 병원에는 원장 외에 의사가 둘이 더 있었고 직원들도 한 20여 명 되었다. 고아원에서는 몇 사람 참여했고, 세민의 친구와 정 선생 친구가 몇 모였다.

우선 그동안 브라운 선교사의 국내 사역에 대해 간략하게 소개했다. 한국에서 전쟁고아를 위한 구제 사업을 계속해오고 있고, 특히 전후 한국의 보건환경을 개선하는 데 주력해왔다는 것이다. 브라운 선교사는 한국전쟁이 발발하기 전 1948년에 입국해서 활동해왔다. 미국에서 의사로 활동하다가 다시 신학을 공부하여 목사 안수를 받았다고 간략하게 약력도 소개했다. 앞으로 1년 동안 안식년으로 미국에 돌아가서 생활하면서도 한국의 선교 사업을 위한 준비를 하게 될 것이라고 정 원장은 설명했다.

"그리고 이 시간에 좋은 분을 소개하겠습니다. 우리가 제주에서 처음으로 보육원을 시작할 당시에⋯⋯."

정 원장은 세철을 소개하기 위해 제주에서 시작한 보육원 이야기를 했다.

"그 집 막내가 고등학교 2학년인데, 여름방학을 이용해서 서울에 왔어요. 이 친구는 서울에 도착하는 날 밤에 역전 양아치들과 한바탕 싸워서 얼굴에 상처도 입었지만, 그 용기가 대단합니다. 용기만이 아니라 공부도 제주에서 1등이고, 또한⋯⋯."

미군부대에서 치료를 받으면서 영어 공부를 해서 전도 영어웅변대회에서 1등을 했고, 그 웅변 원고가 미 국방성 신문에 게재되었고, 국방장관으로부터 표창을 받았다는 내용까지 소개했다. 그 말이 계속되는 동안 세철은 부끄러워 고개를 들지 못했다. 역전 일을 다 알고 있구나. 형이 야속했다. 유원과 정 선생은 오히려 그러한 세철이가 재미있다는 듯이 미소를 지으면서 바라보았다.

이어 정 원장이 성경 말씀에 의지하여 브라운 선교사를 보내는 마음을 전했고, 세철을 위해서는 서울에 머무르는 동안 세상을 잘 이해할 수 있는 기회가 되기를 부탁했다.

모임이 끝났을 때였다. 브라운 선교사가 세철에게 다가왔다.

"혹시 제주에서 미군 병원에서 근무했던 안드레 소령을 알아요?"

선교사는 악수를 건네면서 서툰 한국어로 물었다.

"대위에서 소령으로 진급했다고 들었어요."

세철은 영어로 대답했다. 주위 사람들은 세철의 유창한 영어에 놀라는 것 같았다.

"맞아요. 그 중학생 소년, 미군들의 구두를 너무 잘 닦아주면서 돈을 받지 않았던, 그 소년 맞지요."

"예. 안드레 그분은 오키나와에 있다고 편지가 왔고, 그 후에 소식이 끊어졌어요."

세철은 여전히 영어로 말했다.

"한국에 들어왔어요. 그동안 결혼을 하고 아기도 낳았는데……."

"결혼했어요?"

세철의 표정이 흔들렸다. 결혼을 했다는 사실은 너무 의외였다.

"그러고 보니 생각이 나네요. 중학생이 영어를 얼마나 열심히 공부했는지, 입원해 있던 사이에 영어 교과서를 모두 외웠다고 들었어요."

그런데 세철은 그런 칭찬의 말보다는 안드레가 결혼했다는 말만 들렸다. 결혼을 하지 않고 모든 사람을 사랑해줄 여자로 생각했었다. 순간, 그런 생각을 하고 있는 자신의 심리가 이상하게 느껴지면서 얼굴이 화끈거렸다. 유원이가 자기 마음을 들여다보고 있는 것 같았다.

"제가 심하게 다쳤을 때 정 원장 선생님의 도움으로 미군부대 의무실에서 치료를 받았는데, 그때 안드레 소령이 저를 많이 아껴주셨어요."

세철은 선교사에게 안드레와의 관계를 설명했다.

"그 장교가 한국에 와 있다는 거야?"

정 원장도 몰랐던 사실인가 보았다.

"지난해에 결혼하고 한국으로 발령을 받았어요. 남편은 미군 군의관인데, 다행히 둘이 함께 올봄에 한국에서 근무하게 되었어요. 제가 떠나기 전에 연락하도록 하지요."

브라운 선교사가 정 원장과 세철을 번갈아 쳐다보면서 약속했다.

세철은 안드레가 너무 보고 싶었다. 그런데 이 마음을 유원이가 알까 걱정이 되었다.

"그 장교가 세철에게 미국에 가서 공부하자고 했던 분인데……."

정 선생이 브라운 선교사에게 말했다.

"거야 뭐, 그냥 인사로 해본 말이지요."

세철은 그렇게 말했으나 인사로 한 말이 아니라는 것을 알고 있다. 그 문제로 집안에서는 한바탕 소동이 벌어지기도 했다. 세민은 동생의 마음을 읽고 있었다. 안드레가 결혼했다는 말에 세철의 얼굴에 스치는 그 묘한 표정을 놓치지 않았다.

저녁 식사 자리에서 세철은 다시 한 번 놀랐다.

제주의 잔칫집처럼 식사를 맡은 여자들이 분주하게 움직였다. 이러한 식사는 처음이었다. 제주에서는 아무리 부잣집의 잔치라 해도 이런 상차림은 본 적이 없었다.

"우리 집은 한 달에 한 번씩 병원 식구들과 한자리에 모여 식사하거든. 오늘은 특별히 브라운 선교사님이 떠나시게 되었고, 또 세철이가 우리 집으로 오는 날이어서 식사가 더 풍성한 거야."

정 선생은 세철의 생각을 알고 있다는 듯이 설명했다.

식사가 끝나고 헤어질 때에 브라운 선교사는 안드레에게 세철의 소식을 전하겠다고 다시 한 번 약속했다.

"아마 너무 좋아할 거야. 세철이 이야기를 종종했어."

그 말에 세철은 다시 얼굴이 빨개졌다.

"세철은 참 행복하겠다."

정 선생이 놀리듯이 말하면서 웃었다. 세철은 얼른 유원의 표정을 살폈다. 그녀가 자신의 이 복잡한 마음을 다 알고 있을 것 같았다.

세철은 형의 방을 보고 다시 한 번 놀랐다. 규석의 방보다 더 넓었고, 온통 영어 책뿐이었다.

"넌 어디를 가도 사람 복은 많아. 이렇게 환대해주니 얼떨떨하지. 그런데 말이다, 안드레가 결혼을 했다고 하니까, 네 표정이 꼭 벌레 씹은 것 같았어."

세민은 좀 긴장하고 있는 세철의 마음을 누그러뜨리려고 일부러 농담처럼 말했다. 사실 동생이 그녀에 대해 특별한 생각을 갖고 있는 것을 확인하고 싶었다.

"내 표정이 어땠는데? 너무 의외여서 놀랐지. 더구나 서울에 와 있다니?"

"서울에 와 있어서가 아니라, 결혼을 했다는 말을 들어서겠지."

"형, 내가 그분에게 딴 생각을 가졌단 말이야? 그때 난 중3이었어."

"네가 유원이의 표정을 살피면서 당황해하는 것 같아서 그래."

"참, 사람 일에는 모르는 부분이 너무 많다는 것을 순간 느꼈어. 안드레가 결혼했다는 사실보다는 서울에 와 있으면서 왜 연락을 하지 않았는가 하는 것이 약간 서운했겠지."

"자식, 너 짝사랑했구나. 사람과의 관계는 항상 변하는 거야, 사랑하는 사이가 아닌 한 제주에서 만났던 그 영리하고 성실하고 열심인 한 소년에 대한 생각이 얼마나 오래 지속되겠어. 아마 제주를 생각할 때마다 잠깐씩 스쳐 지나가겠지. 그리고 여자는 결혼하기 전과 그 후가 달라져. 전에는 네가 그 여자의 아름다운 추억 속에 끼어 있었지만, 결혼하면 남편과 아기와, 그리고 모든 사람과의 관계는 현실적이 되는 거야. 아름다운 추억을 생각하는 것은 일 년에 한두 번? 여자에 너무 집착하면 네가 상처입는다. 조심해."

세철은 형의 말을 이해하면서 다른 생각이 스쳐 지나갔다. 형의 말은 안드레와의 관계를 말하려는 것이 아니라 유원과의 관계를 말하는 것 같았다.

"형, 지금 그 말을 심각하게 하는 의도가 뭐야? 어린 동생이 친절한 젊은 외국 여자에게 특별한 생각을 가지고 있었을까 봐서야, 아니면……."

세철은 그다음 말을 하려다가 그만둔다. 유원에 대한 특별한 감정을 정리하라는 말이라도 들을까 봐 두려웠다.

"아니면?"

"앞으로 내가 여자를 대하는 태도에 대해서 교육하려는 거지? 서울에 올라온 순진한 시골 학생에게……."

세민은 동생의 마음에 혼란이 생기고 있다는 것을 느꼈다.

"그래. 네 나이가 되면 이성에 대한 문제로 고민하게 되니까."

"정 선생님 볼 때마다 천사란 바로 저런 분이구나 생각했어. 지난번 하숙집으로 찾아왔을 때에 확실하게 알았어. 형은 참 복도 많아."

세철은 말머리를 돌리는데 눈물이 나올 것 같았다. 착한 사람을 보면 이따금 눈물이 났다.

"그런데 말이야, 형. 정 원장네 상당히 부잣가 봐. 놀랐어. 서울역에 가보면 서울 사람들은 모두 가난에 허덕이면서 살아가는 것 같은데, 여기 와서 보니 딴 세상이야."

"그렇다고 남의 것 훔쳤거나 불법으로 빼앗아서 이렇게 사는 거 아냐. 조상으로부터 물려받은 것이 많았고, 또 열심히 일하지 않니? 그리고 사모님도 사회에 봉사하고, 오해하지 마."

"오해가 아니라, 솔직히 질투가 나서 그래. 우리 집에 비하면 하늘과 땅 차이야."

"그래도 정 원장님은 우리 집에서 받은 배려를 고맙게 생각하시고 있어. 그리고 보면 할아버님이나 할머니, 어머님은 대단하신 분이야. 늘 남을 생각하고 어려운 처지에 있는 사람들의 형편을 아시고……."

세철은 이제 형도 처가 편을 드는구나 생각하면서 속으로 웃었다.

"모든 것이 새로워. 물 막힌 섬에 살았다는 것을 뼈저리게 느껴."

"그런데 그렇지만도 않아. 섬에 살든 서울에 살든 사람의 한세상은 다 나름으로 살아가는 거야. 나는 결혼하고 의사로서 좀 더 더 배우면 고향으로 내려가 살까 하는데……."

세철은 형의 말이 진심이냐고 따지려는 듯이 쏘아봤다.

"서울에 머무는 동안 많은 것을 알게 될 거야."

세민은 동생이 다른 환경에서 적응하지 못할까, 혹시 규석이나 유원의 달라진 모습에서 상처를 입을까 걱정하고 있었다.

"그런데 형, 나 이대로 2학기부터 서울에서 공부하면 안 될까?"

세철은 한번 말해보는 듯이 가볍게 말했다.

"서울이 좋으냐? 좀 지내봐. 싫어질 수도 있으니까. 그런데 서울은 제주와 달라. 제주에서는 명세철을 다 알아주지만, 서울에서는 널 알아주는 사람이 아무도 없어. 정 원장님이나 정 선생, 그리고 유원이가 너를 인정하는 것과는 달라. 학교에 편입했을 때 아무도 널 알아주지 않는다면, 인정을 받을 때까지 견딜 수 있겠어? 제주는 네 고향이고, 고향에서 고등학교를 졸업하는 것도 괜찮아. 뭐, 좀 더 생각해보자."

세철은 형의 반응이 마음에 들지 않았다. 그러나 듣고 보니, 그 말도 무리는 아닌 것 같았다.

"아무튼 서울에서 지낸 여름이 네게는 좋은 공부가 될 거야. 세

상은 보기 나름이다. 불행하게 하지도 않고, 행복하도록 도와주지
도 않아. 살아가는 것은 네 자신이다."

세민은 동생이 규석이나 유원에 대해 좋은 감정을 유지했으면
했다. 동생은 경쟁 심리가 남다르다는 것을 안다. 규석을 경쟁의
대상으로 생각한다면, 혹시 유원이가 예전 제주에서 생각했던 것
과 달라졌다고 느낄 때에 상처를 입게 될까 두려웠다.

"세철아, 이것 하나는 알아둬라. 시간에 따라 사람은 변하고, 세
상도 변해. 지난날에 집착하여 세상을 보고 사람을 보면 혼란스러
울 수 있어. 유원이나 규석이가 네게 대하는 것이 예전과 다르다
고 해서 마음 쓰면 안 된다. 예전과 달라지지 않았다는 것이 오히
려 이상한 것이지. 안 그래?"

그것은 세철이가 서울에 오면서 계속 생각했던 문제였다.

"형, 내가 바보야?"

그렇게 말은 했으나, 이미 유원에게 큰 변화가 있는 것 같아서
마음이 산란했다.

"안드레를 만나봐. 너를 보고 너무 놀랄 거야. 수염도 나고 여드
름도 난 네 어른스러운 모습에……."

"여자는 시집을 가면 달라지나봐."

그동안 안드레로부터 먼저 편지가 끊어진 것이 섭섭했었다.

"아마 며칠 사이에 연락이 오겠지. 이제는 미국에 가서 공부하

자면 가겠어?"

"그런 말을 하지 않겠지. 이제는 결혼을 해서 다른 남자의 아내가 되었으니……."

"자식, 너 그 여자 정말 좋아했구나."

"좋아했지. 큰누님처럼, 아니면 막내 고모처럼."

"너는 누님이나 막내 고모가 없는 것이 섭섭했지. 그게 바로 여성 콤플렉스란 거야."

"좋아. 난 정 선생님을 누나로, 막내 고모로 생각할 거야. 괜찮지?"

순간 세철은 기발한 생각이 떠올랐다. 어쩌면 내 의식에는 여성에 대한 콤플렉스가 있을지도 모른다.

"그래. 사람이 사람을 좋아한다는 것은 좋은 일이야."

여름밤이 짧게 지나갔다.

오랜만에 형제는 속에 있는 많은 이야기를 나누었다.

둘은 나란히 자리를 펴고 누웠다.

6

세철은 유원이네 집이 너무 크다는 것에 놀랐다.

대문으로 들어서니 안채가 우뚝 앉아 있고, 그 안채를 마주 보면서 별채가 ㄷ자형으로 반듯하게 들어서 있다. 넓은 마당 한쪽에는 펌프 우물이 있고, 대추나무와 감나무가 한 그루씩 있었다. 고향에 있는 집과는 비교가 되지 않았다. 서울의 부잣집들이 다 이런가 생각했다.

"세철아, 찾아와줘서 고마워."

유원이가 대문가로 나와 세철과 정 선생을 맞았으나 세철은 유원이보다 집에 더 마음을 두었다. 자꾸 초라한 시골 초가집이 이 넓고 큰 집 위에 겹쳐졌다.

"집이 상당히 크고 정원도 넓구나!"

세철은 정 원장네 집에 들렀을 때 이미 짐작했다. 병원을 하고 있고, 보육원까지 할 정도면 부자라고 생각했었는데, 유원이네 집이 이럴 줄은 생각하지 못했다. 왜 내가 집에 대해서 이렇게 마음을 쓰지? 순간 세철은 그런 생각이 떠올라서 집에 대한 관심을 접기로 했다.

유원의 방도 규석의 방보다는 좀 좁았으나 생각보다는 넓었다.

"우리 동생들이야. 유철이는 중3이고 유진이는 초등학교 6학년이지. 세철이에 대해서는 너무 잘 알아."

유원이가 두 동생을 소개했다.

"누나로부터 세철이 형 이야기를 많이 들었어요. 공부도 잘하고 싸움도 잘하고, 영어도 잘한다고. 전 형이 없어서 쓸쓸했는데, 제 형이 되어주실 거죠?"

유철의 당돌한 부탁에 세철은 얼떨떨했다. 그런 마음이 있더라도 자기로서는 그렇게 직접 말하지 못했을 것이다.

"잘되었다. 난 우리 집에서 막내라서 동생이 있었으면 했는데, 유철이라고 했지. 좋은 누님을 둬서 참 좋겠다."

세철은 유철과 악수를 했다.

"좋은 누님 아니에요. 무서운 누님이거든요. 형이 잘못 보셨어요."

그 말에 모두들 웃었다.

"우리 집 귀여운 공주, 막내인 유진."

유원은 말없이 말똥말똥 세철을 바라보기만 하는 동생을 소개했다.

"참 귀엽구나. 언니보다 훨씬 예쁘네."

세철은 말해놓고 보니, 상대가 듣기 좋은 말을 할 줄 아는 자신이 대견스러웠다. 나도 서울 사람이 다 되어가고 있구나 생각했다.

유진은 방긋 웃기만 할 뿐 아무 말도 하지 않았다. 그러면서 세철의 얼굴을 빤히 쳐다보았다.

정 선생은 유원이네 식구들과 잘 어울리는 세철을 보면서 안심했다. 혹시 시골 학생이라고 유원의 동생들이 우습게 보면, 세철이가 마음에 상처를 받지 않을까 은근히 걱정되었기 때문이다.

세철은 유원의 동생들이 유원이처럼 마음씨가 착한 것을 알았다.

"유원이는 서울에 와서 동생들을 만나게 되어서 다행이다."

세철은 부모 몫을 하는 유원이가 대단하다고 생각했다. 제주에서도 보육원 어린아이들을 큰언니처럼 보살펴주던 어른스러운 모습이 떠올랐다. 그때가 고작 초등학교 6학년 때였으니까, 지금 유진이만 한 나이였다.

"난 유진이가 제주에서 본 유원이처럼 생각되네. 보육원 어린아이들을 잘 보살펴주던 그 어른스러운 모습이 꼭 지금의 유진이 같았어."

세철은 말을 하지 않는 유진이 불안해서 한마디 했다.

"그래요? 지금도 언니는 어머니도 되고, 언니도 되고, 아버지도 되고 그래요. 우리 언니를 제주에서 많이 도와주셨다고 언니가 말했어요."

유진의 목소리가 명랑했다. 세철은 유원이가 피난살이 이야기를 동생들에게 말해준 것이 의외였다. 고생했던 이야기를 그렇게 쉽게 말할 수 있을까?

"선생님, 전 제주에서 지냈던 그 시간을 잊을 수가 없어요. 그 어려웠던 환경에서도 잘 견딜 수 있었던 것은 세철이네 집안 어른들의 정겨운 보살핌 때문이라고 생각해요. 늘 감사하며, 동생들에게도 말했어요. 정 선생님네 가족도 저를 친자식처럼 생각해주셨기에 부모님을 잃은 슬픔도 이길 수 있었지요."

유원이가 차분하게 말하면서 세철에게 고마운 마음을 전했다.

정 선생이 고개를 끄덕였다. 그런데 세철은 그 말 중에 "정 선생님 네 가족도 저를 친자식처럼……"이라는 말에 혼란스러워졌다. 정 말 친자식으로 생각하고 있는 건가? 그렇다면 규석과 유원이가? 이렇게 생각이 이어지자, 얼른 그것을 부정하려고 '아닐 거야' 하 고 속으로 말했다.

저녁상이 들어왔다.

"고모님이 일보는 아줌마를 보내줘서 살림을 맡아 하신다. 우리 이모시다."

유원은 살림을 맡은 부인을 세철에게 소개했다.

"이모님, 앞으로 자주 집에 들를 학생이에요. 제가 말씀드렸죠. 제 친구고요. 한 식구처럼 잘 대해주세요."

유원이가 세철을 부탁했다.

"유원이가 자주 학생 이야길 했어요. 이렇게 만나게 되어 반가 워요. 차린 것은 별로 없지만 맛있게 들어요."

그 말에 세철은 마음이 가라앉았다. 유원이가 자기 이야기를 아 줌마에게까지 했다니. 유원이네 고모는 전쟁 전에 정릉에서 별장 을 운영하고 있었고, 일요일에 두 동생이 고모네 집에 놀러갔다가 전쟁이 터지는 바람에 헤어지게 된 것이었다.

세철은 큰 상 가득히 차려진 음식을 보면서 다시 놀랐다.

"세철 형이 오는 바람에 잔칫집이 되었네."

유철이가 밥상을 보고 좋아라 하면서 세철을 보고 씩 웃었다.

"이모님이 우리 세철이 생각을 많이 하셨네."

그동안 말을 않고 있던 정 선생이 음식상을 보더니 한마디 했다. 세철은 긴장되었던 마음이 차츰 풀어졌다.

즐거운 식사를 했다. 유원이가 자기에 대한 마음이 변하지 않았다는 것을 확인했기 때문이다. 온 집안 식구들이 자기를 시골뜨기라고 업신여기지 않은 것만도 고마웠다.

유원이가 반도 호텔 로비에서 헤어지면서 집으로 돌아가는 길까지 말해주었다.

그저께 브라운 선교사로부터 안드레 소령이 정 원장에게 세철을 만나게 해달라는 전화가 왔다. 그래서 오늘 반도호텔 중국식당 사천성에서 저녁 7시에 만나기로 약속했던 것이다.

유원이가 그 사실을 알고는 세철을 데리고 을지로 입구에 있는 호텔에 와서 직접 사천성을 찾아가 위치까지 확인해주고 간 것이다. 세철은 너무 자상하게 안내해주는 유원이가 고마웠다.

세철은 로비에 마련된 의자에서 몇 번이나 시계를 봤다. 그러면서 이제 만나게 될 안드레 소령이 어떻게 변했을까 궁금했다. 혹시 남편과 아이를 데리고 나오지 않을까? 나를 첫눈에 알아볼까? 아직도 중3 학생으로 생각하고 있지 않을까? 여러 생각이 어지럽게 오갔다.

세철은 6시 50분에 이층에 있는 중국집 사천성으로 들어갔다.

"오! 미스터 명!"

안드레가 입구 쪽에 앉았다가 벌떡 일어나 세철에게 다가왔다. 세철은 그 목소리에 곧 알아봤다. 예전 모습은 아니었으나 목소리는 여전했다.

"이제는 청년이 되었구나!"

안드레는 세철을 덥석 껴안고 귓가에 속삭였다. 세철은 그녀의 품이 어머니 품속 같았다. 남편과 아이들을 데리고 나오지 않은 것도 좋았다.

둘은 자리를 옮겨 방으로 들어갔다. 단둘이만 있는 작은 방이 세철은 궁전같이 느껴졌다. 마주 보며 앉고서야 그는 안드레의 얼굴을 바로 볼 수 있었다.

"주님이 우리를 다시 만나게 해주셨구나. 너무 의외였어. 그동안 편지를 하지 못해서 미안해. 바빴거든."

"안드레 소령님을 이따금 생각하면서, 절 잊어버린 줄 알았어요."

'잊어버린 줄 알았어요'라는 말에 그만 울컥 설움이 복받쳤다. 세철은 고개를 숙이고 훌쩍거렸다. 자기도 모르게 감정이 복받쳤던 것이다.

"미안하다."

안드레가 일어나 세철의 옆으로 와서 그를 살짝 안으면서 한 손으로 그의 등을 도닥여주었다. 그녀는 섬 소년이 자신에게 남겨주었던 그 짙은 정을 다시 생각했다. 열다섯 소년이 품었던 그 순수를 나이 들어가는 자신이 잠시 별스럽지 않게 여겼다는 것을 깨닫자 너무 미안했다. 그동안 이 소년의 모습을 잊고 현실에 닳고 닳으면서 살아온 자신을 되돌아봤다.

"제가 너무 많은 사랑을 받아서, 이렇게 만나니 어린애처럼 응석을 부립니다."

세철은 영어로 말했다.

"세철의 영어는 여전하구나."

"소령님을 만나니 영어가 다시 살아나요. 마치 잊어버렸던 모국어처럼."

그동안 영어로 말할 기회가 별로 없었다. 고작 영어 시간에 이따금 영어 교과서를 읽었고, 대화를 했을 뿐이었다. 지금도 영어 수업시간에 읽기는 세철이 도맡았다. 영어 선생도 세철의 영어 발음을 따라오지 못했다.

"세철을 좋아하니까 내 한국어 실력도 나아져야 할 텐데."

안드레는 약간 어눌한 한국어로 말했다.

"오키나와와 미국에 가서도 학생들을 만나면 한국에서 만났던 세철의 이야기를 하거든. 너는 참 착하고 영리하고 순수하고, 그리고 뭐랄까, 인정이 많고, 자기 욕심을 채우지 않고, 그런 소년으로 내 가슴에 깊숙하게 남아 있어."

"그렇지 않아요. 욕심이 많고, 공연히 헛된 자존심이 세고, 경쟁심이 강해서 남에게 지기 싫어하고, 고집이 세어 남과 타협하지 않으려 하고, 그런 안 좋은 점이 너무 많은 아이예요."

세철은 그런 자신의 모습을 너무 잘 안다. 시골 아이라고 깔보던 학급 학생들을 제압하기 위해서 돌멩이로 공격하려 했고, 보육원 아이들의 공격을 받았을 때에도 장작개비를 들고 상대했다. 그래서 학교에서 그는 악바리로 통한다. 한다고 하면 무엇이든 해내는, 그런 반면에 학교 성적에는 마음을 쓰지 않았다.

세철은 자기에 대해 너무 좋은 모습만을 간직하고 있는 안드레 소령에게 자신의 진심을 말하고 싶었다.

"세철의 그런 면이 내가 말한 것과 잘 어울려. 세철은 참 용기 있는 학생이야. 자기 자신의 그런 면을 솔직하게 알고 그것을 이겨나가려고 노력하고 있으니, 그것이 순수이고 정직함이지. 앞으로 좋은 일을 하게 될 거야."

안드레는 진정으로 말했다.

세철이가 중학생 때 일이다. 보육원 깡패들과 싸워 얼굴에 심한 상처를 입었다. 정 원장의 도움으로 응급조치를 하고 제주 비행장 미군 병원으로 옮겨가 치료를 받았다. 그 치료를 받는 동안 안드레를 알게 되었고, 그녀에게 영어를 배웠다. 얼마나 열심히 했는지 영어 책을 모두 외웠고, 영어 회화책도 모두 외웠다. 입원 기간 동안에 세철의 영어 실력이 엄청나게 늘었다.

"세철이 지금도 그 시계를 차고 있구나."

안드레는 세철의 손목시계를 보더니 빙긋이 웃었다.

미 국방장관으로부터 받은 선물이었다.

세철은 영리하고 자존심이 센 아이였다. 그해 9월에 9·28 서울 수복기념 전도 학생영어웅변대회가 개최되었다. 그 대회에 나가서 전도 중고학생 중에 최우수상을 받았다. 그런데 안드레와 친하니 원고를 미리 봐달라고 했을 법도 한데, 그런 내색을 전혀 보이지 않았다. 그 원고는 중학생 수준으로는 놀라울 정도로 훌륭했다. 그래서 미 국방성 신문에 게재되었고, 국방장관의 표창까지 받았다.

내용은 중공군 포로를 치료해준 미군 병원의 일을 소재로 하여 사랑만이 전쟁과 사상을 뛰어넘을 수 있다는 것이었다.

"그때 나는 세철이가 얼마나 자존심이 강한지, 그리고 얼마나 정직하게 살려고 하는지를 알았어. 개인적으로 영어 웅변 원고를 내게 보이면서 문장을 좀 다듬어달라고 할 수도 있지 않았겠어?"

세철은 처음에는 그렇게 생각했으나 그러면 공정한 심사가 이루어질 수 없다는 것을 알았다. 그래서 일체 영어웅변대회에 나간다는 말도 꺼내지 않았다. 심사를 맡았던 미군부대 홍보장교도 그

점에 감동을 받았다고 했다.

"세상은 하도 험해서 그때 가졌던 세철의 그 마음을 그대로 유지하고 살아가기가 어렵겠지만, 그게 바른 길이니까, 주님께서 곁에서 함께 가시니까 가능할 수도 있어."

안드레는 세철을 똑바로 쳐다보면서 마치 다짐을 받듯이 말했다.

"그 말씀을 늘 기억하고, 저 자신을 잘 살피면서 살려고 노력할게요. 약하게 될 때마다 지금 하신 그 말씀을 기억할게요."

"고마워. 나도 세철의 인생에 도움이 될 일이 있으면 함께 힘이 되도록 할게. 세철은 내게 참 아름다운 것을 많이 남겨주었어. 바람이 많은 그 제주 비행장 콘셋 안 내 책상이 늘 깨끗했던 것을 생각하면 내 마음도 그렇게 깨끗해지고 싶고, 그 병사들의 윤기 나는 군화를 볼 때마다 흠 없이 투명한 세철의 마음을 생각한다니까."

퇴원하고 나서 세철은 치료비를 받지 않는 병원에 보답하기 위해 여름방학에 자원하여 매일 원장과 간호부장 방을 청소했다. 하루에 몇 번이고 청소를 하여 먼지 하나 남기지 않았다. 그 일만이 아니었다. 군의관과 의무병들의 군화를 매일 빛이 나게 닦았다. 그러한 중학생의 모습은 미군들 사이에 화제가 되었다. 안드레는 그에게 미국에 가서 공부하자고 권했다. 자기가 이 소년을 책임져 공부시키고 싶었다. 그러나 소년은 집안 어른들이 너무 자기를 믿고 있고, 자기가 떠나면 너무나 외로워하실 것이 안타까워 고맙지만 사양하겠다고 했다. 이 일도 미군들 사이에서는 큰 화제가 되었다. 세철이 보여준 여러 일들이 안드레에게는 강하게 남아 있었다. 여러 곳을 돌아다니면서 많은 사람을 만났으나 이런 소년은 처음이었다.

"모두 제 고집이었어요. 세계에서 제일 큰 나라, 힘 센 나라 군인들에게 미개한 작은 섬 학생의 자존심을 생각한 거지요. 미군이 지나가면 껌 달라고 외치는 그 아이들의 비굴함을 조금이라도 덜어보고 싶었던 것이지요."

"이유가 어떻든 그것은 어렵고 아름다운 일이야. 설령 그렇게 생각하고 시작했다 하더라도, 세철은 우리 동료들을 좋아했고 우리 동료들도 세철을 사랑했으니까, 네가 두 나라의 우의를 두텁게 만든 거야."

"이렇게 만나서 정말 기뻐요. 전 이따금 그런 생각을 했어요. 정말 보고 싶은 사람을 다시는 못 만나면 어떻게 될까? 미국으로 건너가면 만날 수 있을까? 이따금 길에서 미군들을 만나면, 더구나 여군을 만나면 다시 한 번 쳐다봤어요."

이 말은 진심이었다. 어떤 때 '정말 영영 다시 못 만나게 되는 것인가'를 생각하면 너무나 슬프고 안타까웠다. 이러한 마음은 누구에게도 말할 수 없었는데, 오늘 처음 말하는 것이다.

"그래. 참 미안하구나. 한국에 가게 되었으니까, 언젠가는 만나게 되리라고 생각해서 편지를 게을리했는데, 하루하루 지나는 사이에 편지를 쓰지 않게 되었어. 이제 만났으니, 다시는 소식이 끊기는 일이 없을 거야."

그때 요리가 들어왔다.

"세철이 중국 음식 좋아해? 묻지도 않고 시켰는데 입에 맞을까?"

세철은 처음 먹어보는 닭고기를 튀긴 요리였다. 제주에서는 닭을 삶아서 고기를 조금씩 따로 떼어 먹거나 삶은 국물에 채소를 넣어 국을 끓이거나 죽을 쑤어 먹는다. 이렇게 튀겨서 먹기는 처음이다.

"제주 사람들은 가난하니까 여름을 지내기 위해서는 닭을 잡아먹어요. 한두 마리 잡아서 여러 식구가 먹으려면 죽을 쑤어 먹는 것이 제일 경제적인 방법이지요."

세철은 맛있는 닭요리를 먹으면서 제주의 닭요리 이야기를 했다.

"우리 집에서도 닭을 키워요. 제가 어렸을 때에는 제 몫으로 닭을 마련해주어서 그 닭이 낳은 달걀을 팔아서 용돈을 했어요."

세철은 제주에서 닭을 풀어놓고 키우고, 그 닭이 달걀을 낳고 새끼를 까는 일을 설명했다.

"닭고기를 먹으면서 닭 이야기를 하니 재미있군."

안드레는 세철의 이야기를 즐겁게 들었다.

그다음 들어온 요리는 돼지고기를 튀긴 것이다.

"이것도 처음 먹어봅니다. 제주에서는 돼지고기는 거의 삶아서 먹어요. 그리고 집안에 결혼이나 장례 때에 돼지를 잡아서 손님을 접대하지요."

제주에서 관혼상제 때 손님을 접대하는 이야기를 안드레는 열심히 들어주었다.

"내가 제주에 살면서도 제주 사람의 생활을 살필 기회가 전혀 없었는데, 오늘 세철에게 음식 이야기를 듣게 되어서 재미있어."

"언제 다시 제주에 오세요. 사람들이 참 아름다운 땅이라고 하더군요. 남편 되시는 분과 아이들도 제주 바다를 보면 아내와 엄마가 전쟁 때 근무했던 땅이라서 더욱 관심을 갖고 볼 거예요."

"아, 내가 우리 남편 이야기를 아직 못했군. 너무 세철을 만난 것이 반가워서 다른 이야기를 하는 바람에······."

안드레는 핸드백에서 지갑을 꺼내더니 그 안에 들어 있는 결혼 사진을 보여주었다.

"군의관인데, 지금 미8군 병원에 같이 근무해. 언제 우리 집에 초대해서 같이 식사하자. 오늘은 첫 만남이라 단둘이만 만나야 옛날이야기를 편히 할 수 있을 것 같아서 이렇게 혼자 왔어."

미남이었다. 키도 안드레보다 더 컸다.

"이 사진은 근무할 때 찍은 스냅 사진인데······."

다른 또 한 장의 사진을 보여주었다. 청진기를 목에 두른 의사와 그 옆에 간호장교 복장을 한 안드레 소령이 나란히 서 있다.

"함께 근무할 수 있어서 행복하시겠어요."

"그래. 다 하나님이 짝 지워주셨어. 제대를 하면 선교사로 함께 일할까 해. 여기저기 임지를 옮겨 다니면서 전쟁터에서 죽어가는 사람들을 너무 많이 보았고, 전쟁으로 인해서 고아가 되고 불구자가 된 사람들을 많이 만났어. 앞으로 그들을 도울 수 있는 일을 해볼까 기도하고 있어."

그 말에 세철은 긴장했다. 의사와 전문 간호사, 그들은 세상에 나가면 편하게 살아갈 수 있다. 그렇게 돈을 벌어서 적당히 남을 도와줘도 된다. 그런데 직접 그 어려운 사람들이 살아가는 현장으로 나가 함께 살면서 도우겠다니 이해할 수 없었다.

"세철은 앞으로 무슨 일을 하며 살아가려고 해?"

갑작스런 질문에 세철은 멍해졌다.

"아직은 생각해보지 않았어요. 그저 열심히 공부해서 일단 대학을 들어가고."

"그렇지. 대학을 가서 일할 수 있는 실력을 쌓는 것이 중요하지."

"국가와 사회를 위해서 일하고 싶은데, 무슨 일을 해야 국가와 사회를 위하는 일이 될지는 아직 생각이 잡히지 않았어요."

그때 또 다른 요리가 들어왔다. 벌써 세철은 배가 불렀다. 이번에는 해삼 요리였다.

안드레는 해삼 요리에 대해 설명하더니 생각난 듯 말했다.

"참, 형이 의학 공부를 한다면서? 정 원장님은 훌륭하신 분이야. 브라운 선교사께 들었어. 정 선생도 훌륭하고. 아마 형님도 세상의 질병을 고치는 일을 하실 거야."

"정 선생님은 천사 같은 분이세요. 무엇이 부족해서 한쪽 다리가 없고 나이도 아래인 형님을 사랑하여 일생을 맡기셨는지. 제게 대하는 것도 꼭 천사 같아요."

그리고 세철은 '안드레 소령님도 천사예요' 하고 말하려다가 그만두고서 한참 그녀의 얼굴을 쳐다보았다.

"세상에는 참 좋은 사람들이 많아. 그런데 그런 사람들의 일보다는 일그러진 사람들의 모습이 더 뚜렷하게 나타나거든. 앞으로 세철도 세상의 악한 세력을 대할 때마다 선한 사람들이 많이 있다는 것을 알고 그들을 이해해야 해."

안드레는 세철이가 이 서울에서 안 좋은 일들을 당하게 되어 실망할까 봐 걱정이 되었다.

"그래요. 소령님을 생각하고, 정 선생님을 생각하면서 세상 사람들을 바라보겠어요."

그렇게 말은 했으나 고등학교 2학년, 이제 3학년을 눈앞에 두고도 앞으로의 진로에 대해서 구체적으로 생각하지 않았던 것이 부끄러웠다. 유원과 규석은 이미 갈 길이 정해져 있을 것이다. 자신은 그저 1등 하는 데만 정신을 빼앗기고 있었다는 생각이 들었다.

그런데 안드레 소령이 제대 후에 선교사가 되겠다는 말에 충격을 받았다. 전쟁으로 인한 상처와 아픔을 치유하는 일을 하겠다니. 전쟁을 일으키는 사람이 있으면, 그 뒷수습을 하는 사람이 있고, 세상은 참 기기묘묘하구나 생각했다.

"다시 만나자. 내가 연락을 하지. 그리고 무슨 일이 있으면 여기로 연락하고. 혹 문득 나를 보고 싶으면 미8군 병원으로 직접 찾아와. 용산에 있으니까. 위병소에 와서 나를 찾아. 세철이가 유창한 영어로 부탁하면 위병들이 즐거워하면서 안내해줄 거야."

안드레는 명함을 주었다. 그리고 세철의 손을 잡고 오래오래 그의 눈을 보면서 말했다.

"나는 세철을 만난 것을 참 행운으로 생각한다."

"저두요."

세철은 너무 감격해서 속으로 울먹이면서 나지막하게 대답했다. 그리고 이번 여름방학에 서울에 오기를 잘했다고 다시금 생각했다.

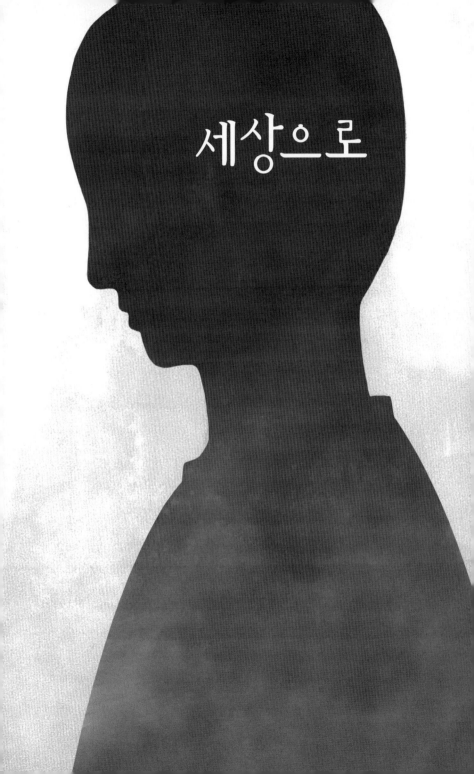

세상으로

1

문학의 밤 행사장인 유원의 학교 소강당은 학생들로 꽉 찼다. 세철은 모여든 학생들을 보면서 이곳 학생들은 문학에 대한 관심도 대단하다는 것을 알았다.

"서울 남녀 고교 연합 문학 서클이 주최하는 이 모임은 대단히 인기 있는 행사야. 각 학교에서 돌아가면서 주최하는데 이번에는 유원의 학교가 담당이고, 아마 다음은 규석의 학교가 차례인가 봐. 유원이와 규석이는 행사 준비로 바빴을 거야."

민철은 세철이 이런 행사에 익숙하지 않는 것을 알고 자세하게 설명했다. 그러나 세철은 이미 유원에게 들어서 알고 있었다. 오늘 아침에 유원은 규석이와 같이 사회를 보게 되어 벗해주지 못해서 미안하다고 했다. 2학기 때부터 학교 학예부장으로 일하게 된 유원은 오늘 행사 준비를 책임지고 있었다.

며칠 전에 정 선생이 세철과 함께 유원이네 학교에 구경을 갔었다. 역사가 오랜 학교여서 외양만 봐도 세철은 기가 죽었다. 겨우 교실만 갖춘 제주 학교에 비할 바가 아니었다. 교실 외에도 강당과 체육관, 도서관과 기타 학생 활동을 위한 시설들을 보면서 서울 학생들이 공부하는 환경이 전혀 딴 세상 같았다.

갑자기 실내가 어두워졌다. 강당 안이 조용해지면서 잔잔한 음악이 흐르더니 무대에서부터 불이 켜지고 막이 올라갔다. 조명을 받으면서 한 여학생이 무대 중앙으로 나왔다.

"아니!"

유원이었다. 세철은 또 다른 유원을 만난 것 같았다. 민철이 슬쩍 세철의 표정을 살폈다.

"오늘 문학의 밤 사회를 맡은 석유원입니다. 이렇게 많은 친구들이 찾아와주셔서 감사합니다. 지금부터 1956년 8월 문학의 밤을 시작하겠습니다."

장내에서 박수가 터져 나왔다.

"그럼 오늘 저와 함께 사회를 맡아볼 친구를 소개하겠습니다. 다음 9월 주최 학교의 문예부장인 정규석 친구입니다."

유원의 소개를 받고 규석이가 교복 차림으로 의젓하게 무대 중앙으로 나와 유원과 나란히 섰다. 두 사람은 모인 학생들을 향해 허리를 굽혔다. 다시 박수 소리가 요란하게 퍼졌다. 앞에 앉은 여학생들이 소곤거렸다.

"얘, 쟤들은 친구 사이래. 부모님들도 다 알고 있대."

그 소리를 들은 세철은 자리를 박차고 나가버리고 싶었다. 나란히 서 있는 유원과 규석의 모습은 볼수록 화가 치밀었다. 내가 왜 이러지? 속으로 자신을 나무라면서도 기분은 어쩔 수 없었다.

이 학교 교장 선생님의 환영 인사에 이어 작품 낭독이 시작되었다. 낭독자가 여자인 경우에는 규석이 소개했고, 남자인 경우에는 유원이 소개했다. 둘은 낭독을 하는 동안 무대 한 귀퉁이에 마련된 자리에 나란히 앉아 다음 출연자를 소개할 준비를 했다.

사회자는 낭독할 사람에 대한 소개와 함께 작품의 내용과 간단한 소감을 말했다. 세철은 낭독집에서 학생 작품을 읽은 소감을 사회자의 소감과 비교해보았다.

민철은 학생이 낭독할 때마다 그 학생에 대해서 아는 대로 설명해주었다.

"서울 학생들은 전쟁의 아픈 후유증을 문학을 통해 많이 씻어내고 있어. 각 고등학교에서 문학 열기가 대단해. 나는 이과이지만, 소설 읽기를 좋아하지."

민철은 문학에 대한 세철의 관심이 궁금했으나 그는 아무 말도 하지 않았다.

"참, 네가 중학생 때 전도 영어웅변대회에서 최우수상을 탔다면 서? 그 원고가 너무 훌륭해서 미 국방성 신문에 게재되었고 표창까 지 받았다던데, 그렇다면 너도 문학적 재질이 대단하겠는데……."

민철의 말에 세철은 기분이 조금 풀렸다. 그렇지. 나는 미국 국 방장관이 감동할 웅변 원고를 썼어. 그것도 영어로. 아마 내가 선 생님의 도움을 받아 썼다고 생각하겠지만, 그게 아니지. 세철은 민 철의 말에 자신감이 생겨서 씽긋 웃었다. 그런 사실을 알아주는 그가 고마웠다.

낭독 마지막 시간이었다.

"저희가 사회를 보면서 그냥 이 자리를 피할 수 없어서, 이번에 는 마지막으로 사회자인 저희 두 사람의 작품을 낭독하겠습니다."

유원의 소개말에 이어 규석이 유원을 소개했다.

"이 학교의 재원이며 2학기부터 학예부장으로 일하는 석유원 양이 시, 「섬」을 낭독하겠습니다. 이 작품은 유원과 제가 전쟁 때 에 제주도로 피난 가서 몇 년 동안 살았었는데, 그때 그곳에서 겪 은 많은 이야기를 담고 있습니다. 함께 감상하시기 바랍니다."

소개를 마친 규석은 피아노가 있는 데로 가 앉았다.

유원이 시를 낭송했다.

섬

바다 위에 떠 있는 하나의 큰 배
사철 모진 바람에 겨우 닻에 의지하는 좁은 공간은
전쟁에 지친 사람들의 아늑한 안방
노아의 방주처럼
새로운 세상으로 향하는 유일한 공간

아름다운 초가지붕 위로 퍼지는 저녁 연기와
얼굴이 벌겋게 달아오른 할머님의 마음이
푸른 바다와
푸른 창공의 정기를 이어받아
지친 영혼들의 숨길을 돋운다.

시가 낭송될 동안 세철은 긴장했다. 시에 자기 이야기가 나올까, 혹시 자신에 대한 그리움을 표현했을까 기대도 해보았다. 그러나 시는 세철의 생각과는 거리가 멀었다. 섬의 아름다운 풍광을 노래하는 내용이었다.

규석이가 피아노로 시 낭송의 배경음악을 연주했다. 세철은 유원의 낭독이 끝날 때까지 약간 흥분했는데, 끝나자 힘이 좍 빠졌다.

그다음 규석의 수필 낭독에서도 유원이가 피아노로 배경음악을 연주했다. 세철은 두 사람이 연주한 그 피아노곡을 들어본 적이 없다. 문득 규석의 방에 있는 레코드와 많은 명곡 판들이 생각났다. 전쟁에 돌아가신 삼촌 것이라고 했지만, 규석도 음악에 대한 소양이 깊다는 것을 알았다. 세철은 감히 따라갈 처지가 아니었다. 유원이나 규석은 자기와는 아주 딴 세계에 살고 있는 것처럼 느껴졌다.

"너무 티를 내는데? 무대의 마지막을 인상 깊게 장식하려는 의도는 알겠는데, 둘이 그렇게 하면 다른 사람들은 질투하지. 안 그래?"

민철이 약간 비아냥거리듯이 말하면서 세철을 쳐다봤다. 세철의 마음을 달래주려는 것이다.

세철이 행사장을 빠져나오는데, 유원과 규석이 출입구에 나란히 서서 오늘 출연자들과 일일이 인사를 나누었다.

"니네 너무 티내지 마. 뭐 서울 시내 문예반 학생들에게 공포하는 거니? 우리는 친구니 누구도 넘보지 말라고."

한 여학생이 유원의 손을 잡고 흔들면서 즐겁게 말했다.

"그건 오해야. 행사는 항상 시작과 마지막 아냐? 좀 인상 깊게 하려고 그렇게 한 거야. 우리 둘은 어릴 때부터 소꿉친구일 뿐이야. 오해 없도록 친구들에게 전해줘."

규석이 어른스럽게 말했다. 민철은 그 말이 세철을 의식해서 한다고 생각했다. 세철에게 그 말은 아무런 위로도 되지 않았다.

"수고했다. 참 좋았어. 작품도 모두 훌륭했고."

세철은 감정을 숨기면서 말했다.

"우리는 뒤처리를 좀 해야 하는데, 조금만 기다릴래?"

규석이 세철을 쳐다보며 말했다.

"그냥 민철 형이랑 갈게. 이제 서울 지리 잘 알거든. 천천히 와라."

세철은 얼른 그 자리를 피하고 싶었다.

민철은 전차 정거장까지 가는 동안 유원이네 학교와 규석이네 학교에 대해서 설명해주었다. 우리나라를 대표하는 명문 고교라는 것이다. 그리고 시청 주변의 여러 건물들에 대해서도 설명했다.

"여기가 서울의 중심부지. 그래서 명문 고교는 이 부근에 있어. 명문이라고 해야 그렇고 그래. 공연히 텃세만 세어가지고. 전쟁 중에는 모든 사람이 다 똑같았어. 총을 맞으면 죽고, 배고프면 체면도 없고, 나는 부산에서 피난 생활을 했는데, 사람들 모두 꼭 같다는 것을 절실히 깨달았어."

민철은 세철의 기분을 알고 있었다. 섬 학생의 자존감이 여지없이 무너져버리는 문학의 밤이었을 것이다.

"서울 학생들도 별 사람들 아니야. 차츰 지내다보면 알게 될 거야. 참, 그 안드레 소령이 널 미국으로 데려다가 공부시켜주겠다고 했는데도 사양했다며. 넌 대단한 놈이야. 그런 큰 떡을 마다하다니. 서울 아이들 봐도 기죽지 마. 내가 미국 유학 권유도 거절한 학생이다, 그리고 미 국방장관 표창을 받았다, 이렇게 생각해."

세철은 그 말이 눈물이 날 것처럼 고마웠다. 대범하면서도 남의 처지를 알고 위로해주려는 그 마음이 너무 곱다고 생각했다.

동대문을 거쳐 삼선교행 전차가 왔다.

문학의 밤에 참여했던 학생들인지 우르르 전차로 몰려갔다.

"너 혼자 찾아갈 수 있지?"

민철은 전차에 오르면서 세철의 등을 툭 쳤다.

전차가 떠났다. 둘은 서로 손을 흔들었다.

정류장이 텅 비었다. 싱그러운 여름밤 바람에 목덜미가 서늘했다.

세철이 잠시 서 있는데 창경원 방향으로 가는 전차가 도착했다. 학생들이 탔는데 세철은 그대로 서 있었다. 전차가 떠나자 발길을 옮겼다.

서울에서 머무는 동안 세철은 정 선생과 형과 같이 여러 곳을 구경했다. 민철도 세철을 동생처럼 대했다. 학교로 데려가서 도서관이랑 열심히 공부하는 학생들을 만나게 해주었다. 규석과 유원도 세철에게 많은 배려를 해주었다. 저녁마다 정 원장은 새 손님을 맞은 것처럼 푸짐한 저녁을 마련해주었다. 그럴수록 세철은 뭔가 가슴 한구석에 묵직한 것이 매달려 있는 것처럼 부담이 되었다. 여러 곳을 구경하고 세상의 새로운 면을 볼수록 자기가 섬사람이라는 자의식이 더욱 강하게 부풀어 올랐다. 그럴 때마다 형을 생각했다. 어떻게 그러한 절박한 처지를 이겨낼 수 있었던가? 한쪽 다리가 잘려진 채로 고향에 돌아와 매일매일 그 어린 나이에 어른들 눈을 피해 술을 마시고, 혼자서 바닷가를 찾아가 고래고래 소리를 지르면서 울부짖었던 형의 모습이 떠올랐다. 초등학교 학생들 앞에서 전쟁에 대해 이야기할 때면 적에 대한 분노를 터뜨리면서 표독스런 눈길로 학생들을 노려보았던 형의 얼굴이 지워지지 않았다. 그런 형이 어느 날부터 딴 사람이 되었다.

정 원장이 피난길에 혼자 된 어린아이들을 모아 돌보다가 보육원을 만들었는데, 그 원장을 도와 일하던 여동생을 만났다. 단지 음악대학을 다니는 여동생을 만난 것이 아니라, 그녀를 통해 예수님을 만났던 것이다. 그때부터 형은 달라졌다.

그런데 왜 나는 이렇게 속이 좁은가? 내가 뭐 어때서? 섬 학생이라고 공부를 못하라는 법이 있나? 민철의 말대로 나는 미국 국방장관이 감격할 만큼 훌륭한 영어 웅변 원고를 썼다. 굳이 서울학생들과 상대하지 않아도 된다. 안드레 소령이 미국 유학을 보내준대도 사양했다.

그렇게 스스로를 치켜 세워보았지만 그 감정이 오래 유지되지 않았다. 더구나 유원이 예전처럼 자신을 좋아하는지 그것을 꼭 확인하고 싶었다. 오늘 앞에 앉은 여학생 말처럼 사회를 같이 보면서 자기네의 관계를 공표한 것이나 다름이 없다. 세철은 유원에게 '너는 나를 예전처럼 좋아하느냐'고 묻고 싶었다.

그렇게 생각에 생각을 이어가면서 걷다보니, 사람들 떠드는 소리가 들렸다. 눈을 들어보니 왼편으로 남대문이 보이고, 오른편으로 서울역 건물이 보였다. 그 옥자네 집으로 들어가는 골목 어귀에 와 있었다.

"아니, 내가 왜 여기를!"

세철은 후다닥 몸을 돌려 남대문 쪽으로 달음질을 쳤다.

숨이 가빴으나 계속 달렸다. 그날 밤에 만났던 그 역전 깡패들이 뒤쫓아오는 것 같았다. 마구 달리다보니 시청 건물이 보였다.

"내가 왜 이러지?"

세철은 혼자 중얼거리면서 중앙청 쪽을 향해 걷기 시작했다.

그러면서 고향으로 내려갈 생각을 굳혔다. 모든 사람들과의 관계를 이 밤으로 청산하자. 그것은 어디까지 내 개인의 감정 문제이다. 현실은 달라지지 않았는데, 내 마음이 오락가락한다. 그것을 한곳에 고정시켜야 한다. 유원은 나의 옛날 친구이고, 지금은 규석의 친구이다. 그리고 서울 사람들의 친절도 한때 신세졌던 사람에 대한 예의일 뿐이다. 어서 환상에서 벗어나야 한다.

온몸에 땀이 흥건해졌다. 그 땀 속에 푹 빠져드는 자신을 보았다. 이따금 밤바람이 목덜미를 서늘하게 해주었다. 생각을 정리하자 마음이 좀 가라앉았다. 고향으로 돌아가야 한다. 어머니와 할머니, 그분들의 품이 그리워졌다. 그들의 품처럼 편안한 것은 이 세상에는 없다.

2

세철은 옥자를 만나기 위해 골목으로 들어서면서 배낭을 진 어깨에 힘을 주었다. 나도 모를 일이다. 서울을 떠나면서 옥자를 만나려는 생각이 어디에 숨어 있다가 튀어나온 것일까?

어제 저녁 세철은 정 선생을 만나서 고향으로 내려가겠다고 말했다.

"서울은 제가 있을 곳이 아닙니다. 집으로 내려가 열심히 공부하고 대학은 서울에 와서 다니겠어요."

저녁 후에 툇마루에 앉아 바람을 쐬고 있는데 정 선생이 찾아와서 세철의 옆에 앉았다. 그때 순간적으로 튀어나온 말이었다. 세민은 아직도 학교에서 돌아오지 않았다. 방학인데도 늘 늦었다.

"무슨 일이 있어? 갑자기 내려가겠다고. 아직도 방학이 많이 남았는데⋯⋯."

"여기 있으니 공부도 잘 되지 않고, 사실 어른들께 이야기도 안

하고 올라와서 걱정하실 것 같고."

세철은 순간적으로 그럴듯하게 이유를 말했다.

"혹시 유원이와 다퉜니?"

"아니에요. 제가 왜 유원이와 다퉈요?"

"너를 섭섭하게 했구나. 요즈음 학교 행사 때문에 바쁘다고 그러던데……."

"유원이와는 아무 일 없어요. 유원이가 저 때문에 마음 쓰는 것도 싫고, 모두 각자의 생활이 있는데, 제가 뭐 유원이와 무슨 특별한 관계가 있는 것도 아닌데……."

이렇게 말하고 보니, 세철의 생각에도 이상했다. 유원과의 관계를 특별하게 내세우는 것처럼 되었다.

정 선생도 세철의 마음을 알았다. 틀림없이 섭섭한 일이 있구나. 그러나 내려가겠다면 보내줄 수밖에 없다. 졸업하면 어차피 서울에 올라올 테니까, 그때에는 생각도 서로가 달라지겠지.

"형님이나 원장님께도 말하지 마세요. 제가 내려가서 편지 드리겠어요. 참 유원이에게도 아무 말도 하지 마세요."

"알았다."

"그리고 저……."

세철은 내려가면 곧 보내드릴 테니 여비를 좀 마련해달라고 했다.

정 선생은 웃기만 했다.

"알았다. 내가 기차표를 마련할 테니 그리 알고, 내일 오전에 떠나도록 해라. 네 말대로 아무에게도 말하지 않겠다. 떠난 후에 아는 것이 도리어 좋을 수도 있다."

정 선생은 세철의 마음을 알지 못했으나 그의 말대로 그냥 내려 보내는 것도 좋을 것 같았다. 모두들 열심히 살아가는데, 주위 사람들이 세철에게만 마음 쓸 수도 없는 일이니, 날이 갈수록 외톨이 기분을 갖게 될 것이다. 문제는 혹시 큰 상처를 입은 것은 아닌지 궁금했다. 그러나 세철은 자존심이 센 만큼 문제가 있더라도 스스로 잘 다스려 나갈 것이라고 여겼다.

조반을 먹은 후에 세민이가 나가버리자 정 선생이 세철의 방에 들렀다.

"서울에서 있었던 일을 마음속에 오래 두지 마. 좋은 일은 기억하고 안 좋은 일은 잊어버리고. 내려가면 교회 열심히 다니면서 기도하고, 공부도 열심히 하고, 어른들 말씀 잘 듣고. 형님은 늘 세철에게 미안하고 고맙게 생각하고 있으니, 형에 대해 너무 섭섭하게 생각하지 말고. 유원이나 규석이가 제주에서 같이 지낼 때보다 달라졌다고 해도 그게 다 사람이 사는 일이려니 생각해라. 나중에 더 친해질 수도 있는 일이다. 현재가 중요하지만, 곧 지나가는 것이고, 우리는 다가오는 미래를 맞이하기 위해서 살아가는 것이다. 현재는 순간일 뿐인데, 그 현재 때문에 미래를 놓쳐버리는 경우가 많다. 대학에 들어와 다시 만나게 되면 올 여름방학이 좋은 추억으로 남을 것이다. 세철은 의지가 굳으니. 참, 안드레 소령님을 만난 것만도 서울에서 있었던 좋은 일이 아니냐? 그분과는 계속 연락하게 될 테니까. 서로 좋은 관계가 계속될 수 있을 것이다."

세철은 가만히 듣기만 했으나 정 선생의 말이 모두 옳았다.

"이거 기차표야. 좌석이 정해져 있어. 그리고 이것은 누나가 세철에게 처음으로 주는 용돈이다. 누나가 취직을 해서 월급을 타거든. 많지는 않지만, 요긴하게 쓰도록 해라. 8000원인데 4000원씩 두 곳에 나누어 간수해라. 용돈 쓸 것만 호주머니에 넣고, 배낭에 4000원을 넣고, 또 다른 데 4000원을 넣어라. 서울은 소매치기들이 많으니 조심하고. 오전 11시 차니까 이제 나가면 좀 여유가 있을 거야."

정 선생은 자상하게 설명해주었다.

"누님, 고마워요. 이 은혜 꼭 갚겠어요."

세철은 울음이 터져 나오는 것을 겨우 참았다.

서울역에는 호남선 11시발 열차를 타려는 사람들의 줄이 늘어서 있는데, 시계를 보니까 아직 한 시간이나 남았다. 순간 옥자를 만나고 싶었다. 왜 그날 자기에게 거짓말을 했는지 따지고 싶었다. 문학의 밤 행사를 마친 후에 혼자 집으로 걸어간다고 했는데, 나중에 보니까 옥자네 집 골목에 있는 것을 보고 당황했던 일이 되살아났다. 그 여자의 그 슬픈 얼굴을 다시 보고 싶었다. 왜 그렇게 순진하고 착할 것 같은 여자가 거짓말을 했을까? 서울을 떠나기 전에 한 번 만나서 따지고 싶었다. 서울은 내일이나 오후 차로 가도 된다.

세철은 어슬렁거리다가 표를 구하려는 사람에게 표를 팔았다. 오히려 산 요금보다 더 많이 받고 팔았다. 그리고 급히 횡단보도를 건넜다.

골목 안은 조용했다. 양아치나 손님을 끄는 아주머니들도 보이지 않았다. 골목은 지저분했다. 길가에 토사물들이 여기저기 널려 있었다. 파출소를 지나면서 슬쩍 안을 넘겨다보았다. 조용했다.

골목 안에도 아무도 없었다. 몇 번이나 주위를 살피면서 들어가 작은 대문 곁에 있는 옥자 방문을 두드렸다.

잠시 후에 문이 열리더니 낯선 여자가 눈을 비비며 나왔다. 밤에 만났던 옥자가 아니었다. 평범하게 길거리에서 만나는 그런 여자인데, 젖무덤만 가리는 브래지어에 아래는 속옷 바람이다.

"들어와요."

여자는 낮 손님이라고 생각하는 모양이다. 세철이 낯선 상황에 주춤거렸다.

"아! 그 학생이로군. 어서 들어와!"

여자가 반가워하면서 세철의 팔을 잡아끌었다.

세철은 달라진 옥자의 모습에 다소 당황했다. 내가 왜 이 시간에 여기 왔지? 하는 생각이 들면서 되돌아갈까 하는데, 여자가 잡아당기는 바람에 방 안으로 들어갔다. 쪽창은 열려져 있으나 방 안은 몹시 더웠다.

"어서 앉아. 천장 무너지지 않아."

여자는 멍청하게 우뚝 서 있는 세철의 바짓가랑이를 잡아당겼다.

"짧은 시간으로?"

세철은 무슨 말인지 몰라서 여자를 쳐다보기만 했다.

"꼭 물어볼 말이 있어서 왔어요."

"이야기한다고? 그래도 돈은 내야 해. 시간을 사야 내 몸을 사는 거야."

"얼만데?"

"1000원만 내. 낮이고 구면이니까."

세철은 좀 전에 기차표를 판 돈을 내놓았다.

"옷 벗어. 더운데."

"그게 아니고, 내가 옥자에게 물어볼 말이 있어요."

"옥자가 뭐니? 내 막내가 네 또래야. 누나라고 해."

"누나라고 하면, 솔직하게 대답해줄 거예요?"

"뭘?"

"그날 파출소에서 왜 거짓말했어요?"

"언제?"

"그날."

"내가 무슨 말을 했는데?"

세철은 그날 밤에 있었던 일을 자세히 말했다. 여자는 담배에 불을 붙여 물었다.

"한 대 피울래?"

세철은 담배 연기에 눈살을 찌푸렸다.

"아직 숙맥이군. 그런데 어떻게 이런 데를 알아서 낮부터 찾아왔니? 지나간 이야기는 하지 마. 여기 여자들은 지난 이야기는 기억하지 않아. 아니 기억 못해. 그런 거 다 기억하면 심장이 찢어져서 살아남지 못하거든."

옥자는 담배 연기를 세철의 얼굴로 내뿜으면서 피식 웃었다. 세철은 손바닥을 내저으면서 여자를 노려봤다.

"왜 거짓말을 했어?"

"살기 위해서 하는 것은 거짓말이 아냐. 몸 파는 여자는 거짓말을 해도 괜찮아. 그것도 모르니? 요 귀여운 것. 그러지 말고 오늘 내가 아주 근사한 것 가르쳐줄게. 너를 아주 근사한 어른으로 만들어줄 거야. 잠시 기다려."

여자가 받은 돈을 들고 밖으로 나갔다가 잠시 후에 대야에 물을 반쯤 담아가지고 들어왔다.

"옷을 벗어 내가 씻어줄게."

여자가 세철의 손을 잡아당겼다. 세철은 거칠게 몸을 비틀며 계속 여자를 노려봤다.

"왜 그렇게 노려보는 거야. 싫어? 싫다면 할 수 없고. 너 깡패지? 그날 하는 짓 보니 보통내기가 아니던데. 그래, 거짓말을 한 이유를 그렇게 알고 싶어? 네 돈이 탐이 나서 그랬어! 그리고 네가 나 하자는 대로 선선히 한 번 했으면 그러지 않았지. 너무 잘난 체하니까, 골탕 좀 먹어보라고, 거짓말한 거야. 오늘도 너 너무 건방지게 굴면 내가 또 골탕을 먹일 수도 있어. 창녀집에 왔으면 창녀집의 법을 따라야 하는 거야. 알겠지? 요 귀여운 것!"

얼굴이 벌겋게 화를 내던 옥자의 목소리가 갑자기 나긋나긋해지더니 세철의 뺨을 살짝 꼬집으면서 눈을 흘겼다.

세철은 분을 삭이듯이 가쁜 숨을 헉헉 내쉬면서 여자를 노려보았다.

"그날 내가 여기서 아무 일도 하지 않았지? 같이 잠잔 것도 아닌데, 잠을 잤다고 거짓말하고, 그리고 다 그 양아치들과 짜고 내 돈을 빼앗은 거 아냐?"

세철은 따지듯이 말했다.

"그렇다면 어떻게 할 거야. 돈을 도로 달라는 거야, 아니면 공짜로 한 번 해달라는 거야? 용건을 분명하게 말해. 돈은 도로 돌려줄 수 없고, 공짜로 해달라면 그것은 혹 생각해볼 문제지만. 그런 말 다른 데 가서는 하지 마. 미친놈 취급당해. 알았어?"

그 말에 세철은 더 할 말이 없었다.

"누나, 날 좋아해?"

세철은 자기도 모르게 엉뚱한 말을 내뱉었다.

"그래, 좋아해. 너같이 순진한 아이들을 우리가 좋아한다. 왜냐면, 우리는 막돼먹은 여자니까. 너 같은 애들이 좋아하지 않을 여자니까 우리가 더 좋아하게 되는 거야."

여자는 다시 담배 연기를 세철의 얼굴로 내뿜었다. 이번에는 세철이 그 연기를 그대로 받아마시듯이 여자를 은근히 쳐다봤다. 좀 전에 노려보던 표정도 누그러졌다.

"난 오늘 누나에 대해서 뭔가 알고 가야 해. 내가 고향으로 내려가는 것도 다 포기하고 찾아왔단 말이야."

세철은 전혀 준비하지 않은 말을 다시 해버렸다. 담배를 입으로 가져가던 여자가 멈칫하더니 세철을 멍청하게 쳐다봤다. 그 표정이 심하게 흔들렸다. '누나'란 호칭도 그렇고, '고향으로 내려가는 것을 포기했다'는 말도 그렇다. 여자는 오른손 중지와 장지 사이에 끼어 있는 담배가 타들어가는 것도 잊은 채 멍청하게 세철을 쳐다보았다.

여자는 문득 고향에 두고 온 남동생 얼굴이 떠올랐다. 그리고 집안 식구들 얼굴이 떠올랐다. 자기 때문에 매일 술만 퍼마신다는 아버지 얼굴도 떠올랐다. 눈물이 마를 날이 없는 어머니의 얼굴이 떠올랐다.

"나쁜 자식! 내가 어찌 네 누나야?"

갑자기 옥자가 버럭 소리를 지르는데 그 소리가 울음이 되어 옥자의 목을 막아버렸다.

"메말랐던 눈물을 다시 흘리게 하는 네놈은 도대체 어떻게 생겨먹은 몸이냐? 너도 가출하고 싶냐? 서울역전 옥자 때문에 가출하고 싶냔 말이다."

여자가 손가락 사이에서 타들어가는 담배를 깡통 재떨이에 비벼 끄고는 벌떡 일어났다.

"야, 이놈아 정신 차려! 내가 오늘 네가 세상 모르고 있던 비밀을 알려줄 테니, 다시는 이 바닥에 나타나지 마. 알았지! 내가 왜 이 신세가 되었는지 알아? 사내를 사랑했기 때문이야. 그 잘난 사랑 때문이야. 넌 아마 어떤 계집애에게 배신을 당했겠지? 그 여자와 멀어졌거나. 그래서 나를 그 여자 대신으로 생각하고 있지. 그 여자는 올려다보기가 힘든데, 나는 내려다봐도 되니까, 그렇지? 그것 못난 놈의 악취미야. 건방진 자식! 어디다 대고 누님, 뭐 어쩌고 하면서 내 심장을 긁어놓으려고 하니? 나는 남자는 신물이

난다. 그런데 순진하게 네 그 알량한 '누님' 소리에 갈보의 순정을 빼앗으려 하니? 어서 꺼져? 내가 요전번처럼 그 사내를 부를까? 내 기둥서방을 부르면 너 오늘 뼈도 못 추려, 알아?"

여자는 화를 버럭버럭 내면서도 그 말 틈에는 울음기가 찐득하게 끼어 있었다.

세철은 여자의 마음이 흔들리고 있다는 것을 알았다.

"말을 좀 해요. 누나의 이야기를 듣고 싶은데……."

세철은 간청하듯 말했다.

"임마, 꺼져! 우리 서방 부른다?"

여자는 다시 버럭 고함을 질렀다. 세철은 움찔 놀라서 벌떡 일어서는데, 그녀의 눈에 번지는 물기를 보았다. 그 순간 가슴이 격렬하게 뛰었다.

"정신 차리고 어서 고향으로 내려가. 내 이야기를 네가 들어서 뭘 하겠다는 거야? 재미삼아 들으려 한다면 그것은 더한 악취미다. 순진한 척하지 말고, 그 좋아하는 여자에게 가서 매달려."

여자의 목소리가 점차 차분해졌다.

세철은 더 이야기를 듣는다는 것이 어렵고, 그 이야기를 들으려는 자신도 우습게 생각되었다.

"잠깐, 내가 네게 뭐라도 줘서 보내야지. 누님이라고 했는데, 누님이 동생에게 줄 선물이 없구나."

옥자는 방 문지방을 넘어서려는 세철을 등 뒤에서 와락 껴안았다. 세철은 가만히 서 있었다. 여자의 젖무덤이 등에 착 달라붙은 그 묘한 촉감에 온몸이 굳어졌다.

여자가 확 세철의 몸을 돌리더니 입을 맞추었다. 너무나 순간적으로 일어난 일이었기 때문에 세철은 그저 입을 꼭 다물고 숨을 헐떡였다.

"넌 키스도 할 줄 모르냐?"

여자가 세철의 얼굴에서 입술을 떼더니, 그의 얼굴을 노려보면서 피식 웃었다.

"어서 꺼져라. 다시는 이 동네로 발길을 돌리지 마. 그러면 깡패들에게 맞아 죽는다. 이 골목 양아치들에게 내가 소문낼 거야, 알았어?"

갑자기 여자의 눈에서 독기가 뿜어져 나왔다. 세철은 쫓기듯이 골목을 뛰쳐나왔다.

큰길로 나온 세철은 그제야 정신이 되돌아왔다. 온몸이 땀으로 젖었고, 가슴이 울렁거리면서 입 안이 바싹 말라서 침이 나오지 않았다.

중학생 때, 아니 그 전에 유원이가 보육원 어린아이들을 데리고 우리 집에 왔을 때부터였다. 유원만 보면 가슴이 두근거렸고, 즐거웠고, 좋았다. 그리고 형과 정 선생이 그 달밤에 외양간에서 서로 엉켜 있던 그 모습도 놀라긴 했지만 매우 아름답게 보였다. 그날 이후로 형이 아주 딴 사람이 되었기 때문이다. 그래서 여자는 매우 아름답고 신비한 존재로 생각했다. 중학생이 되어서 삼촌네 집 그 방에 살 때에 주말마다 찾아와 행복한 잠자리를 하는 옆방 젊은 장교 부부의 사랑 행위까지도 아름답게 생각했다. 그 부인 양 선생은 남편을 기다리면서 일주일 내내 행복해했으니까. 사람을 행복하게 만들어주는 것이 성이라고 생각했다. 그런데 그 앞에 발가벗은 모습으로 나타난 옥자의 그 몸은 그를 억누르는 무거운 바윗덩이였다. 그 바위에 깔리면 영원히 일어나지 못할 것 같았다. 그래서 옥자를 보는 순간 추함을 느끼기 전에 무서웠다.

세철은 무서운 악귀들이 뒤쫓아오는 것 같아서 마구 뛰었다.

남대문 전차 정거장에 이르러서야 정신을 수습하고 멈춰 섰다.

전차가 왔다. 무작정 타고 보니 삼선동으로 가는 차였다.

세철은 혜화동에서 내리면서 민철의 집을 찾아가기로 작정했다. 제주로 내려가지 않고 서울에 눌러앉고 싶었다.

민철의 집 앞에서 잠시 머뭇거리다가 들어갔다.

"이모님, 저 여기서 며칠만 지내게 해주세요."

세철은 이 집에서 머물면서 고향으로 내려가지 않겠다고 마음을 굳혔다.

3

"서울에서 공부하고 싶은데, 형네 학교에서는 편입생 안 뽑나?"

저녁밥을 먹으면서 세철은 민철에게 물었다. 민철의 학교는 비록 일류는 아니지만 사립학교로 역사도 깊고 지난번에 가보니, 분위기가 마음에 들었다. 규석이나 유원이네 학교에 편입할 수 없다는 것을 알고 있는 세철은 민철이네 학교에 다닐 수만 있으면 참좋겠다고 생각했던 적이 있다.

"아니 왜, 형님에게 말하거나, 정 원장님이 나서면 얼마든지 좋은 학교에 편입할 수 있을 텐데……."

민철의 어머니는 세철의 태도가 궁금했다.

"신세지고 싶지 않아서요."

"그게 뭐 신세가 되니? 그분들도 피난 가서 세철의 집안에 많은 신세를 졌다면서. 그리고 세철은 영리하니까, 괜찮은 학교에 편입시켜줄 거야."

"저대로 하고 싶어서요. 사실은 제가……."

고향으로 내려가다가 마음을 바꿔 되돌아왔으니 형이나 정 선생에게 신세지고 싶지 않다고 말했다.

"어머니가 교장선생님께 말씀해주세요. 그러면 제 말보다는 교장선생님이 세철을 믿게 되겠지요."

민철의 학교 교장은 민철의 아버지와 절친한 사이였다. 민철도 일류 학교에 갈 성적이었지만, 교장의 배려로 이 학교에 입학했다. 3년 장학생으로 공부하고, 앞으로 계속 학교 재단에서 민철의 학업을 도와줄 계획이라고 했다.

"어른들이 걱정하시지 않을까?"

"어차피 졸업하면 서울로 올라와야 할 처지니까, 1년 반 먼저 올라온 셈이지요."

"그래. 학교 형편이 어떨지는 모르지만, 내가 교장선생님께 전화하마. 대신 민철이는 세철이를 데리고 한번 찾아가서 인사를 드려라. 제주의 재원이라고, 미 국방성에서도 알아주는 학생이라고."

"알았어요."

다음 날 민철은 세철과 함께 교장선생님을 찾아뵙고 인사를 드렸다. 교장은 세철의 이야기를 이미 들었다면서, 9월 학기부터 다니도록 준비하라고 허락했다. 영어 실력이 뛰어나고, 미 국방성에서 표창 받은 사실을 민철의 어머니로부터 듣고 세철을 믿었다. 교장은 정 원장과도 잘 아는 사이였다.

교장선생님과 면담을 마치고 나오면서 세철은 기분이 좋았다. 유원이나 규석에 대한 야릇한 감정도 다 씻어져 내리는 것 같았다.

"나는 이제 섬 학생이 아니다."

불과 열 시간도 지나지 않았는데, 아침 기분과 오후 기분이 전혀 달랐다. 서울 거리를 바라보는 눈도 달라졌다. 사람들을 대하는 느낌도 달랐다. 세상은 아무것도 변하지 않았는데, 내 처지도 따지고 보면 조금도 달라지지 않았는데, 단지 편입 약속을 받았을 뿐인데, 왜 이렇게 나와 세상이 다르게 보이는가? 세철은 그 점이 궁금했다.

집으로 돌아오는 발걸음이 너무 가볍고 즐거웠다. 민철이네 학교에 같이 다닌다는 것도 즐거웠다. 상급생인 민철과 함께 다니면 시골에서 올라왔다고 괄시도 덜 받을 것이다. 든든한 형이 있어 학교생활이 덜 낯설 것이다. 이런저런 생각을 하니 뭔가 앞길이 환하게 트여 갈 것 같았다.

그동안 서울에 올라왔어도 편안하고 즐거웠던 일은 좀처럼 없었다. 늘 긴장하면서 지냈다. 그렇게 보고 싶었던 유원도 막상 만나고 보니, 반갑고 즐겁기보다는 마음 쓰이는 일이 더 많았다. 더구나 지난번 그 문학의 밤 이후에 유원에 대한 생각을 바꾸려고 무진 애를 썼다. 그럴수록 그녀에 대한 마음이 더욱 간절해지는 것도 숨길 수 없었다. 그런데 거기에 더하여 옥자까지 세철의 마음 한구석에 자리 잡게 되면서 마음은 엉클어질 대로 엉클어져 있었다. 그런데 오늘 편입이 결정되었다는 말을 들으면서 복잡한 생각들이 소나기에 씻겨 나가는 먼지처럼 말끔해졌다.

무심히 대문을 들어서는데, 이상한 기운이 강렬하게 스쳐 지나가는 것 같았다. 눈을 들어 앞을 보았다. 세민이가 툇마루에 앉아 있었다. 세철은 주춤했다. 형의 눈에서 내뿜어지는 싸늘한 눈빛에 질려버렸다.

인사도 하지 못하고 그냥 우뚝 서서 움직이질 못했다. 되돌아서 도망치고 싶었다. 이 순간만 형의 눈앞에서 사라지면 된다.

"왜 거기서 꾸물거리니?"

세민의 목소리가 나지막했다. 입술을 지그시 깨물고 억지로 화를 누르는 모습이 무서웠다. 세철은 민철의 어머니도 있는데 때리지는 않을 것이라고 판단했다. 정신을 가다듬으려는 듯이 헛기침을 했다.

"오셨어요?"

세민은 대답하지 않고 계속 동생을 쏘아봤다.

"형, 저 2학기부터 서울에서 학교 다니겠어요. 지금 편입할 학교에 다녀오는 길이에요. 민철이 형이 다니는 학교에 가서 교장선생님을 만나봤어요. 민철이 형 어머님이 잘 아시는 사이라고 그래서……."

세철은 모든 것을 사실대로 말해버렸다. 형이 생각하는 것보다 한 발 앞서 가면 형도 어쩔 도리가 없을 것이라고 생각했다.

세민이는 너무 당돌한 동생에게 화를 낼 수도 없었다.

"넌 부모 형제도 없니? 고아야? 왜 모든 것을 네 마음대로 결정해."

세민이는 동생의 말에 당황하면서 그 고집을 꺾을 방법을 생각했다.

"어차피 세상은 혼자 살아가게 되어 있잖아요? 형이 제 인생을 대신 살아주실 수 있어요?"

세철은 어려운 이 국면을 벗어나기 위해서 좀 독한 말이 떠올랐다. 형의 생각을 뒤집어버리는 말을 하면 형의 분노도 가라앉힐 수 있다고 생각했다.

"거 잘되었네. 아무튼 세철은 알아줘야 해."

등 뒤에서 정 선생이 들어오면서 분위기를 흔들어놓았다.

"여기는 왜 왔어요? 세철이와 단둘이서 할 말이 있는데……."

세민은 낭패라고 생각했다. 정 선생이 나서면 세철의 입장을 이해하게 될 것이고, 그러면 형의 권위가 무너질 수밖에 없었다.

그런데 세철은 정 선생의 얼굴을 대하자 부끄럽고 죄송스러웠다.

"미안합니다. 거짓말을 해서. 나중에 다 말씀드리려고 했는데……."

세민은 고향에 내려가는 것도 형에게는 알리지 않고, 정 선생에게만 알린 것이 분통이 터졌다.

"고향에 내려가는 일이 뭐 그리 대수로운 일이라서, 어른들께 인사도 차리지 않고, 도망치듯 했냐? 그리고 내려간다면 내려갈 일이지, 도둑놈처럼 다시 들어온 것은 뭐야? 도대체 넌 어떻게 되어먹은 놈이야?"

세민은 참았던 화를 내었다. 동생에게 향한 분노에는 늘 세철을 감싸는 정 선생에 대한 불만도 섞여 있었다.

"미안해요. 그러나 그때에는 제 기분이 그렇지 못했어요. 갑자기 내려가고 싶었어요. 그런데 막상 기차를 타려니 그런 기분으로 내려가고 싶지 않았어요. 제 생각이 왜 그렇게 오락가락하는지 그 이유는 모르겠어요."

"이놈아! 세상을 기분대로 사는 거야. 고향에 내려가면서 형에게도 말하지 못할 이유가 뭐야? 내게 섭섭한 일 있어? 옹졸하게."

"옹졸하다고 해도 좋아요. 제가 그렇게 생각하고 처신했으니. 하지만 그렇게 갈피를 잡지 못할 정도로 혼란스러웠던 동생을 조금 이해해주면 안 돼요?"

"이해하고 안 하고가 문제가 아니야. 네가 앞으로도 그렇게 세상을 살아간다면 어떻게 될까 걱정스러워서 그래."

"저는 이제 어린아이가 아니에요. 걱정하지 말아요. 제 인생은 제 것입니다. 형은 걱정밖에 해주실 수 없잖아요. 저도 제 인생에 대해서는 책임을 지겠어요."

정 선생은 형제의 설전을 들으면서 세철이가 보통 아이가 아니라는 것을 새삼스럽게 알았다. 아마 서울을 떠나고 싶은 것은 유원을 빨리 잊고 싶어서였을 것이다. 서울에 와서 세철은 제주의 아름다운 추억을 현재에도 그대로 간직하고 있는데, 서울 사람들은 그것들이 이미 과거로 흘러가버렸다는 것을 확인하게 되었을 것이다. 그러한 생각의 차이를 감당하기 힘들었을 것이다. 그래서 서울을 떠나려고 했다. 그런데 왜 다시 돌아왔을까? 그것도 이유가 있을 것이다. 제주로 내려가지 않아도, 지난날의 추억을 과거로 밀어버리고 살아갈 자신이 있었거나, 아니면 유원의 문제보다 더 귀중한 문제가 새로 나타났기 때문일 것이다. 그것이 무엇일까? 오늘 민철과 편입 문제로 당돌하게 그 학교 교장을 만나고 반승낙을 받은 것을 보면 안심이 되기도 했다. 과거를 부둥켜안고 살지 않겠다는 결심을 하게 된 것은 공부일 것이다. 남에게 지기 싫어하는 그로서는 규석이나 유원이가 좋은 학교에서 공부한다는 사실에 대해 열등의식을 갖지 않고 경쟁해보고 싶었기에 우선 편입부터 생각하게 되었을 것이다.

형제간에는 침묵이 흘렀다. 민철의 어머니도 분위기를 알기에 부엌에서 나오지 않았다. 정 선생은 세민이가 불만스러웠다. 동생도 자신처럼 살아가기를 원하는 그 고집이 아쉬웠다. 쇠도 녹일수 있는 세민의 고집과 의지는 정 선생에게는 큰 매력이면서 불만이기도 했다.

"사람은 거짓말을 해서는 안 된다. 하나님도 좋아하시지 않고, 사람들로부터 신의를 잃게 된다. 감정을 조금만 조정하면 거짓말을 안 해도 되는데, 난 네 마음을 모르겠다."

세민은 동생이 두려워지면서 더 이상 추궁하고 싶지 않았다. 더구나 정 선생 앞에서 형제가 싸우는 것 같은 인상을 주고 싶지도 않았다.

"미안해요. 그때에는 저도 모를 제 마음이었어요. 그러나 거짓말을 한 것은 아닙니다. 제 생각이 오락가락해서 그렇지 거짓말은 아닙니다."

세철은 '거짓말'이라는 형의 말을 수긍할 수 없었다. 어떻게 거짓말인가? 옥자 때문에 그 순간에는 기차를 타지 않았지만, 그 사실을 말하지 않았을 뿐이지, 거짓말을 한 것은 아니다.

"자식, 말놀이하려는 거야? 네 자신의 마음을 숨기려 한 것은 사실이지! 거짓말은 입 밖으로 튀어나온 말만이 아니야."

그 순간 세철의 가슴이 격렬하게 뛰었다. 내가 숨기고 있으니 거짓말이 맞다. 내가 왜 서울역에서 기차를 타지 않고 되돌아왔는지, 그 사실에 대해서 정 선생이나 형은 멋대로 생각하고 있다. 그 생각은 내 본심과는 다르다. 그렇다면 나는 거짓말을 한 것이나 다름이 없다. 가슴이 울렁거리고 얼굴이 화끈거렸다. 그러나 지금 말할 수는 없다. 언젠가 말한다면 용서해줄 것이다. 진실을 잠시 숨겨두는 것뿐이다.

그때 전화를 받던 민철의 어머니가 뒷마루로 나왔다.

"세민이 학생, 교장선생님이 전화를 주셨다. 훌륭한 학생을 소개해줘서 고맙다는 인사야. 지금도 민철의 삼촌이 그 재단에 이사로 있어. 윗대 어른들 간에 오래도록 교분을 유지해온 처지야. 너무 걱정하지 마. 우리 민철이와 친구가 되어서 학교생활 잘 해나갈 거야. 아마 민철이가 교장선생님에게 세철의 일을 다 이야기했던 모양이야. 너무 동생 타박하지 말고. 형으로서는 이해할 수 없는 일이 많겠지만, 난 세철이가 좋다. 너무 솔직하고, 씩씩하고 예의 바르고……."

그 말에 모두들 조용했다. 세철은 그 말이 고마우면서도 '너무 솔직하고'라는 말에는 가슴이 뜨끔했다.

"이모님, 고마워요. 철부지 제 동생을 좋게 봐주시고, 학교 일도 다 챙겨주시니……."

세민은 이 집 주인을 '이모'라고 생각했다. 어머니처럼 대해주는 그 마음 때문에 이모님으로 부르기로 한 것이다.

"형님, 그리고 정 선생님, 미안하고 죄송해요. 저는 제 자신을 잘 모를 때가 있어요. 처음 서울을 올라오기로 한 것도 오래전부터 생각한 일이 아니었어요. 불쑥 올라오고 싶어서 숙모님께 돈을 꾸어가지고 올라왔고, 문득 서울에 더 머물 필요가 없다고 생각되자, 누님에게만 말씀드리고 떠나려 했던 것이고, 형님께 말씀드리면 이야기가 길어질 것 같았어요. 서울 올라올 때도 처음부터 계획이 없이 갑자기 올라온 것처럼 내려갈 때도 그렇게 하는 것이 이상하지 않다고 생각했는데, 서울역에서 다시 되돌아오게 되었으니 누님이나 형님은 황당하게 생각하실 겁니다. 그런데 왜 제가 민철이 형 집으로 오게 되었는지, 그래서 민철 형네 학교에 다니고 싶었는지, 며칠 사이 일은 저도 잘 모르겠어요. 그러니 형님이나 누님, 너무 따지지 마세요. 사람 사는 일이 꼭 원인과 결과가 분명한 것은 아니지 않아요. 저는 그러한 불가사의한 것을 믿어요."

세민은 동생의 말에서 이상한 마력 같은 것을 느꼈다. 아마 이 놈은 주님을 말하고 싶었을 것이다.

그런 말을 듣고 보니, 세민이나 정 선생도 더 할 말이 없었다. 세민은 이 사실을 고향 어른들께 어떻게 이해시켜야 할지 걱정되었다. 그리고 세철이 유원의 변화 때문에 마음에 상처를 받지 않았으면 했다. 어떻든 유원과는 감정의 정리가 되었으면 했다. 시간이 지났고 환경도 변했는데, 동생은 유원이 변치 않기를 바란다면 그것은 욕심이다. 유원에게 집착하지 않을까, 그 집착이 다른 방향, 엉뚱한 방향으로 튀어나오지 않을까 걱정되었다.

4

세철이 저녁을 먹고 대청마루에서 더위를 식히고 있는데, 주인 아주머니가 유원의 전화라면서 전화기를 건네주었다. 그는 전화기를 받고서 숨을 몰아쉬면서 긴장을 풀었다. 세철은 고향으로 내려가려다가 되돌아온 후에 유원의 전화가 왠지 부담스러웠다.

"요즈음 바쁘니? 만나고 싶은데, 내가 거기로 갈까?"

차분한 유원의 목소리에 세철은 긴장되었던 자신이 좀 쑥스러웠다.

"여기로 오지 말고, 시간과 장소를 말하면 찾아갈게."

"서울대학교 본관 건물 앞에 오래된 플라타너스가 있는데, 거기서 만나자. 밤에도 학생들이 있을 거야."

"알았어."

통화를 끝내고서 세철은 무슨 일인가 궁금했다. 문학의 밤 이후로 만난 적이 없다. 그저께는 유원이 자기 집에 와서 저녁을 같이하자고 전화했으나 세철은 바쁘다는 핑계로 가지 않았다. 그 동생들과 아주머니 눈길이 부담스러웠다. 특히 아주머니가 집안 사정이며, 유원이가 제주 피난 시절의 이야기며, 제주 풍습이나 언어에 대해 물을 때에는 짜증이 났다. '똥돼지'가 어떻고, 제주 남자들은 놀고 먹는다는데 자네는 섬 색시에게 장가를 가면 좋겠다는 둥, 묻는 말마다 다 대답하는 것도 귀찮고 고역이었다. 유원의 고모를 만났을 때는 더 곤혹스러웠다. 세철이가 마치 피난 시절에 신세진 것을 받으러 온 것처럼 생각하는 그 표정도 싫었다. 그래서 되도록 그 집 식구들과 어울리는 것을 피하려고 했다.

"우리 집으로 오라고 하지. 어디로 가는 거니?"

주인아주머니는 집을 나서는 세철을 걱정했다.

"대학 구내를 구경시켜준댔어요."

세철은 어색하게 웃으면서 집을 나섰다.

전차 길을 건너자 서울대학교 정문이 보였다. 세철은 '서울대학교'란 말만 들어도 흥분되었다. 형이 의대를 다닌다는 것을 자랑하면서도, 한편 내가 그 대학에 들어가지 못한다면 어떻게 될까, 생각하면 오히려 그 대학에 대한 반감이 생길 때도 있었다.

"여기야, 세철아!"

세철은 앞쪽 저편에서 자기를 부르는 소리를 듣고 환청인가 했다. 이 큰 도시에서 누가 그를 알아보고 부르겠는가? 소리 나는 쪽으로 고개를 들었는데, 저편에서 하얀 여학교 교복을 입고 머리를 양 갈래로 길게 땋아서 늘어뜨린 여학생이 다가왔다. 순간 유원과 만난다는 사실을 잠시 잊어버리고는 마치 꿈을 꾸듯이 멍청히 서 있었다. 백열등 가로등 아래 서 있는 세철은 불빛으로 달려드는 여름 밤벌레들을 쳐다보면서 이상한 환상에 젖었다. 플라타너스의 넓은 잎이 가로등 불빛에 가려져서 전신주 밑에 큰 그림자를 드리웠다. 세철은 그 안에 자기가 숨어 있다고 착각했다.

"세철아!"

여학생이 손을 흔들면서 다가왔다. 그제야 약속이 생각났다. 내가 왜 이러지? 약속하고 금방 집을 나왔는데, 무슨 일로 어디로 가는지도 잊어버린 채 전찻길을 건넜던 것이다.

세철은 그녀를 보는 순간 잠시 걸음을 멈췄다. 전화를 받으면서, 그동안 그녀에 대해 가졌던 불편한 감정들이 순식간에 모두 날아가 버렸다. 지금 유원은 제주에서 만나던 그 모습 그대로 다가오고 있었다. 유원에 대한 약간의 섭섭함과 그 식구들의 눈짓과 표정에서 받았던 불편함, 문학의 밤 행사 이후 줄곧 가슴을 답답하게 했던 그 묘한 심사들이 한꺼번에 사라져버렸다. 예전, 남원초등학교 같은 반에 다녔던 유원, 서울로 떠나오기 바로 전 그 추운 겨울 밤 수요예배를 마치고 보육원 숙소가 있는 북초등학교 앞까지 같이 걸어오면서 많은 이야기를 나누었던 유원, 제주 부두 방파제에서 여객선의 선체가 안 보일 때까지 손수건을 흔들면서 환송했던, 그래서 그 후에 늘 그의 앞에 선명하게 다가와 있는 천사와 같은 그 유원이 지금 다가오고 있었다. 문학의 밤, 그때에 조명을 받으면서 규석과 나란히 서 있었던 그 유원보다 더 아름답고 순수한 여고생이 천사의 음성으로 그의 이름을 부르면서 다가오고 있었다.

순간 세철은 당황했다. 내게는 유원이가 여러 모습으로 남아 있는데, 이 순간에는 지금 다가오는 저 모습만이 내가 생각하는 유원이라고 믿어졌다. 그녀가 가까이 다가와 바로 앞에 서 있을 때에 바람에 흔들리는 나뭇잎 때문에 유원의 얼굴이 잠시 흔들렸다.

"유원아!"

세철은 마치 그녀가 달아날 것 같아서 큰 소리로 불렀다.

"여기 나오니 날씨가 선선하다."

옆으로 다가온 유원이 세철의 손을 슬그머니 잡았다. 세철은 그 손길이 전류처럼 온몸으로 퍼졌다. 그대로 손을 맡겨버렸다.

"저녁 먹었어? 안 먹었으면 중국집에 가서 짜장면을 먹을까?"

"식사했어. 유원이 너 안 먹었으면 내가 벗해줄게. 가서 먹자."

"그러지 말고, 여기가 서늘할 거야. 빵을 사가지고 올게. 여기서 기다려."

유원이가 길 건너 빵집을 가리켰다.

"같이 가자."

세철은 유원을 따라갔다.

유원이가 빵집에서 구운 빵을 샀다. 그때 세철은 문득 제주 동문시장 입구 빵집이 생각났다.

둘은 빵을 사서 대학 구내로 들어와 본관 건너편에 있는 도서관 앞 긴 나무의자에 앉았다. 대학생 몇이 보였다. 그들도 빵을 먹고 있었다.

"우리가 제주에서 동문빵집을 종종 갔었지."

유원은 빵을 하나 꺼내 두 조각으로 나누어 반쪽을 세철에게 내밀면서 말했다. 왜 반쪽을 주지? 이렇게 생각하는데, 유원이 배시

시 웃었다.

"왜 빵을 둘로 나눠 반쪽씩 먹는지 알겠어?"

전등 불빛 아래서 웃는 유원의 모습을 보면서 천사는 저런 모습일 거라고 생각했다.

세철은 얼른 생각나지 않았다. 내가 저녁을 먹었다니까 반쪽만 주는 것인가? 서울깍쟁이는 별수 없어. 아닐 것이다. 빵 봉지에는 빵이 여러 개 있다. 유원은 깍쟁이는 아니다. 하숙집 밥을 먹어도 배가 차지 않는다는 것을 알 텐데.

"천사는 그렇게 어려운 질문을 하지 않는데."

세철도 웃으면서 대답 못한 것을 말로 메우려 했다.

"친한 사람들끼리는 이렇게 나눠 먹는 거야. 만약 내가 빵을 하나 먹다가 반쪽만 남겼을 때 세철을 만났다면, 먹다 남은 그 반쪽을 다시 둘로 나눠 한쪽을 세철에게 줄 거야. 너는 내가 먹던 것이라고 받지 않을지도 모르지만?"

그 말에 세철은 얼굴이 빨개졌다. 사실 유원의 말처럼 그런 생각은 한 번도 한 적이 없었다.

둘은 반쪽씩 나눈 빵을 맛있게 먹었다.

유원은 다시 빵을 하나 꺼내 반쪽씩 나눴다.

"난 저녁을 먹었어. 너나 먹어."

"밥을 먹은 후에라도 빵은 괜찮잖아. 서울대학생들을 상대로 하는 빵집이야. 맛있지. 동문 빵집보다는 덜하겠지만……."

그렇게 말하면서 유원이 갑자기 쿡쿡 웃었다.

"기억나니? 왜 그날 내가 규석과 같이 빵집에 들어가자 빵을 먹던 네가 화를 내면서 나가버린 거?"

그 일은 중3 때 이야기이다.

"그때 일을 나중에 이야기했지. 공연히 심술을 피운 거야. 유원이가 1등을 했으면 내가 먼저 빵을 사줘야 하는데, 규석이가 사주려고 했으니 샘이 난 거야."

"규석이와 나는 한 반이었잖아. 그러니 내가 1등을 한 것을 먼저 알게 되었고, 그래서 점심시간에 빵집을 갔는데, 하필 네가 친구들과 빵을 먹고 있어서……."

"다 지나간 일이다. 벌써 3년 전이었으니까."

"너는 지금도 그런 마음이 여전하니?"

그 말에 세철은 긴장했다. 속 깊은 데 숨어 있는 자신의 모습을 유원이 끄집어내었기 때문이다.

"너에 대한 마음이 변하지 않았기 때문이야. 중3 때나 지금이나 한결같으니까."

세철은 말을 하면서도 입술이 떨렸다.

"한결같다고 해도 표현하는 방법까지 여전하니, 참 너는 순수한 학생이야."

"순수한 것이 아니라 미련해서 그렇지."

세철은 유원이 무슨 말을 하려는지 알았다.

"그 문학의 밤에 갔다 와서 내 자신을 다시 알게 되었어. 내가 제주 학생이라는 것에서 벗어날 수 없다는 사실을. 유원이나 규석의 사회 솜씨뿐만이 아니라, 출연 학생들의 작품 수준이나, 더구나 그날 그 소강당의 시설은 나로서는 상상할 수 없는 것이었어. 그 거리감을 생각하니 현기증이 났어. 그래서 서울과 제주의 거리를 생각했지. 대한민국의 남쪽 섬, 그 섬 남쪽에 있는 가난한 마을, 거기서 자라서 주변에서는 공부를 잘한다고 칭찬을 들었지만, 서울 학생들과 상대할 때에 여전히 까마득한 거리감을 좁힐 수 없다는 것을 알았어. 그래서……."

"그래서 내려가려고 했니? 형님을 봐. 서울 의대에서 우수한 학생으로 교수들의 인정을 받고 있어. 규석의 고모가 왜 사랑했겠어. 형은 그러는데 세철은 섬 콤플렉스에서 헤어나지 못해?"

유원은 싸늘한 눈총으로 세철을 똑바로 쳐다보면서 화가 난 듯이 말했다.

'내 말은 반은 진실이 아니야. 사실 서울과 제주 사이에 거리감이 아니라, 너와 나 사이의 거리감이지. 좁힐 수 없는 거리라는 것을 알게 되었어. 그래서 서울역에서 기차를 타려다가 나와서 거리감이 없는 그 창녀 옥자를 찾아간 거야.'

세철의 말은 입 안에서만 맴돌았다.

"그래서 되돌아온 거야. 나도 서울 학생들같이 될 수 있다고 생각했기 때문이야."

말은 했지만 그것도 진실은 아니었다. 그렇다면 집으로 가지 않고 되돌아서게 된 이유는 뭘까? 옥자를 만나고 싶어서였을 것이다. 그러나 그런 사실을 유원은 전혀 알지 못하고 있다. 내가 옥자와 입을 맞추었다는 말을 듣는다면, 어떤 표정을 지을까? 기절해서 쓰러질 거야. 난 이러한 거짓말을 언제까지 지니고 살아야 하지? 나쁜 학생! 천사 같은 유원을 속이면서 그 앞에서는 순진한 척하는……. 세철은 유원의 앞에서 너무나 다른 자신의 모습을 스스로 들여다보고 있었다.

유원은 다시 빵을 하나 꺼내 반씩 나누더니 한쪽을 내밀었다.

"나는 저녁을 먹었는데, 유원이는 빵으로 저녁을 때우는 거 아냐? 그러니 내 생각 말고 먹어."

그것도 거짓말이다. 저녁을 먹었으나 벌써 배가 출출해서 뭔가 먹고 싶던 참이었다.

"왜, 이 빵 받아먹은 것도 자존심이 허락하지 않아서 그래?"

유원이 정색하면서 말했다. 세철이 당황해하자 유원이 빙긋이 웃었다.

"세철아, 그 자존심 버려라. 그것을 의지해서 살려고 하면 괴로워. 서울 학생들이라고 별 사람들이 아니야. 공부하는 환경은 제주보다 낫겠지만 학생들은 다 그렇고 그래. 뭐, 일류 고등학교라고 다를 줄 아니? 어쩌다가 중학교 때 시험공부를 잘해서 들어온 거야. 그것도 1~2점 차로 합격하고 불합격했으니, 생각해봐. 얼마나 차이가 나겠어. 그리고 사람을 그 실력으로 평가할 수도 없지 않니? 그러니 부탁인데, 제주에서 고등학교 다닌다고 기죽지 마. 우리는 남원초등학교 한 반에서 공부하지 않았니? 세철이가 쓴 웅변 원고가 세계에서 제일 크고 강한 미국 중학생보다 잘 썼으니까, 미 국방성 신문에 실리고 표창까지 받은 거 아니니? 사람들은 다 그만그만해. 절대로 기죽지 마."

유원은 이 말을 하려고 만나자고 한 것이다. 세철이 알리지도 않고 고향으로 내려가려고 한 것이나, 요전에 집으로 저녁 초대에 응하지 않은 것도 모두 그런 마음 때문이라는 것을 알고 있었다.

세철은 유원의 말을 들으면서 단순히 자기를 위로하려고 말하는 것이 아니라고 느꼈다. 그동안 유원과 규석에 대해 이상한 반감을 가진 것도 사실은 일종의 열등감 때문이라는 것을 알았다.

"또 네가 문학의 밤 그날 저녁에 기분이 처진 것을 후에야 알았어. 그날은 미안했어. 그런데 우리가 주최가 되어서 준비하고 뒤처리하느라고 마음을 쓰지 못했어. 그런데 그날 규석과 내가 함께 사회를 본 것은 우리가 학교에서 맡은 학도호국단 직책 때문이야. 나와 규석의 관계는 남원초등학교 다닐 때나 제주읍에서 보육원 생활을 할 때와 다름이 없어. 이제 우리가 뭐 사랑을 하고, 장래를 약속하고 그럴 나이가 아니지 않니? 나는 솔직하게 말하면, 규석을 이성으로 대하지 않아. 내가 한 살 위거든. 그래서 동생처럼, 동생이라면 이상하지만, 사촌동생처럼, 아니면 쌍둥이 형제처럼 지내는 거야. 물론 규석은 내게 어떤 감정을 갖고 있을지 모르지만, 나는 그래. 그것은 세철이 너에 대해서도 마찬가지야. 친한 친구, 아주 친한 친구, 초등학교 때와 중학생 때의 감정을 지금도 똑같이 가질 수는 없어. 이제 우리는 어른이 되려는 고비에 있지 않니. 어린 시절의 그 감정을 갖고 서로를 이해할 수는 없어. 난 그래도 네가 좋아. 내 옆에 있으면 더 좋고, 솔직하게 말하면 제주로 내려가지 않고 서울에 살았으면 더욱 좋겠고 그래. 이게 이성에 대한 그런 감정과는 다르다고 생각해. 세철이 괴로워하는 것 같아서 솔직하게 말하는 거야. 내가 너를 좋아하는 것이 무엇 때문인지는 생각해보지 않았어. 그런 감정에 대해서 꼭 의미를 붙이지 말자. 그것은 어쩌면 우리의 진실을 뒤틀리게 만들 수도 있어. 나이를 먹고 어른이 되면 그 감정이 변할 수도 있는데, 지금의 감정에 얽매인다면 괴롭지 않겠니? 나중에 이 감정이 사랑으로 변할지는 아무도 몰라. 그렇다고 지금의 마음이 사랑이라고 생각하는 것도 무리야. 왜냐면 우리가 갖고 있는 이 마음이 자신의 진실의 전부가

아니니까. 열여덟 나이에 갖는 마음의 한 가닥일 뿐이지. 이 마음
에 얽매인다면 그것은 우리 스스로를 이 나이의 감정에 몰아넣는
거야. 안 그래? 그러니 우리는 서로 좋아한다는 그 사실이 진실이
라는 것만을 생각하자. 앞으로 우리의 관계가 어떻게 변하던 그것
은 주님께 맡기고."

유원은 솔직하게 말했다. 세철은 그 말이 모두 옳다고 생각했다.
옆에 있으면 좋고, 서울에 있으면 좋고, 그래서 제주로 내려가지
말았으면 더욱 좋다는 그 말이 세철의 가슴을 흔들었다. 유원에
대한 자신의 생각이 너무 이기적이었다는 것을 알았다.

그렇지, 앞으로 우리가 어떻게 변할지도 모르는데, 그래서 좋아
하는 그대로 지내는 것이지. 그렇다면 내가 유원을 좋아하는 마음
은 무엇이라고 말해야 할까? 그것에 꼭 의미를 붙이지 말라는 유
원의 말이 옳을 것 같았다.

"그래. 네 말을 듣고 보니, 그렇구나. 우리가 서로 좋아하는 것
은 아름다운 일인데, 그것 때문에 다시 괴로워하고 고민하고, 그래
서는 안 된다고 생각해. 지금 서로 좋아하는 것으로도 즐거우니까
말이다."

세철은 유원이가 누님처럼 생각되었다. 생각이 깊고, 진지하고,
남을 배려하고, 상대의 문제를 알고 그것을 풀어주려 하고, 그러한
유원의 마음을 알자 가슴이 후련해졌다.

"어서 먹어. 이야기하느라고, 빵 먹는 것을 잊어버렸군. 나도 반 조각 줘."

세철은 자기가 반 조작을 먹으면 유원이가 먹는 빵맛이 더 좋을 것이라고 생각했다. 유원이 웃으면서 하나 남은 빵을 둘로 나눠 반쪽을 내밀었다.

"내가 다시 빵을 사올까?"

세철은 저녁을 대신하는 식사로 빵이 모자랄 것 같았다.

"괜찮아. 난 배고프면 집에 가서 먹으면 돼. 너는 하숙 밥을 먹으니 배가 고파도 참을 수밖에 없겠지만."

반 조각 빵을 씹으면서 유원은 빙긋이 웃었다.

"민철이 오빠와 같은 학교에 다니게 되어서 다행이다. 그 학교 괜찮아. 역사도 깊고, 선생님도 다 훌륭하시고, 민철이 오빠가 옆에 있으니 든든하겠지. 오빠는 학교에서 알아주는 모범생이다. 네가 편입했다고 아이들이 함부로 대하지 않을 거야. 넌 그렇게 함부로 대하는 아이들을 싫어하지 않았니?"

그러면서 중학교 때 이야기를 다시 꺼내었다. 시골 아이라고 업신여기는 아이들을 돌멩이로 상대하려 했던 일을 말하면서 웃었다.

"유원아, 미안하다."

"뭘?"

"나 제주로 내려가려고 했을 때 다시는 널 만나지 않겠다고 생각했어. 내 기억에서 너를 아주 다 지워버리려고 했거든. 미안해."

세철은 울음이 터져나오려는 것을 어렵게 참았다.

"내가 미안해. 세철을 섭섭하게 해서. 얼마나 섭섭했으면 그렇게 모진 생각을 했을까? 미안해."

"아냐? 공연히 자격지심이었을 거야. 왜 그런 생각을 하게 되었는지 지금 생각하면 내가 너무 어린애였어."

"세철아, 과거는 잊으려 한다고 잊을 수 없어. 그냥 받아들이는 거야. 나는 이렇게 생각해. 신이 개인의 삶을 주관하신다고 믿거든. 우리가 그 제주에서 만났던 것도 우리가 만나고 싶어서 만난 것이 아니지 않니? 세철은 꿈에라도 나를 만나리라고 생각한 적 있어? 그리고 만나서 같은 집에서 살았다고 해도, 내가 세철을 좋아하고, 세철이 또한 나를 좋아하게 된 것이 서로 원해서 그렇게 된 것도 아니지 않니? 난 한 번도 세철이를 좋아해야지, 하고 생각한 적이 없어. 그저 좋아하게 된 거야. 세철이도 그렇지. 그러니까 일부러 잊어야지 하고 생각하는 것도 무리야. 나는 이번 전쟁을 겪으면서 사람은 자기 뜻대로 살 수 없는 존재라는 것을 알게 되었어. 그래서 내 인생이라고 내가 사는 것이 아니라고 생각하며 살아가지. 그러니까 우리 앞에 흘렀던 시간도 우리의 뜻에 의해 내 앞으로 흐른 것이 아니었으니까, 내가 정리한다고 생각하는 것도 무리야. 내가 어떻게 그 강물의 줄기를 바꾸겠어. 그러니 우리 앞에 흘렀던 시간의 흔적들을 지워버릴 수는 없어. 난 그 시간을 사랑하기로 했어. 슬픈 일이었다 하더라도 말이야."

세철은 들으면서 가슴이 떨렸다. 내가 철부지였구나. 나는 왜 유원이처럼 생각할 수 없지. 순간 그 이유를 알 것 같았다. 나만을 생각했기 때문이다. 나를 보고 세상을 보고, 긴 시간의 흐름을 생각하지 않았기 때문이다. 얼마나 속이 좁고 이기적인가. 그렇게 생각하자 세철은 마음이 홀가분해졌다. 유원의 깊은 마음을 알았고, 자신을 조금은 되돌아볼 수 있었기 때문이다.

"나는 너를 잊지 못할 거야. 왜냐면 우리 앞에 흘렀던 탁한 강물을 함께 건넜기 때문이야. 우리 인생의 한복판을 흘렀던 전쟁이라는 시간의 강물을 온몸으로 헤엄쳐 건너지 않았니? 그 강물이 우리 몸과 마음에 스며들어 피도 되고, 살도 되고, 생각도 되었거든. 그것을 우리는 같이 지니고 있는 거야. 그러니까 잊을 수 없지."

유원은 어두운 하늘을 올려보면서 혼잣말처럼 말했다. 세철은 그 말이 가슴으로 스며들었다. 그래, 우리는 같은 강물을 타고 몇 년 동안 함께 살았다.

여름밤의 서늘한 기운이 세철의 목덜미를 간지럽게 했다. 마음의 한복판에도 그 바람이 불었다.

"저기는 교수 연구실이야. 지금도 불이 켜진 방이 많지. 나이 많은 교수들도 이 무더운 밤에 공부를 하고 있어. 저 도서관에도 불이 모두 켜져 있지."

유원은 본관 건너편에 있는 건물을 가리키며 설명했다.

"나도 교수가 되고 싶어. 그저 공부만 하면서 살고 싶어."

세철이 불쑥 말했다.

"넌 할 수 있을 거야. 넌 한다면 하는 성격 아니니?"

"그래?"

그때 바람이 거세게 불면서 나뭇잎 부딪치는 소리가 어지럽게 들렸다. 대학 구내를 밝히고 있는 백열등 불빛이 나뭇잎에 가려지면서 땅 위에 어지러운 그림자를 만들어놓았다.

대학생들이 러닝 바람으로 나무 밑에 앉아서 쉬고 있다. 그들 손에는 저마다 책이 들려져 있었다.

"여기 대학생들은 쉬면서도 책을 들고 있어."

세철은 그 모습이 인상적이었다.

"책을 좋아하는 사람들은 잠을 자면서도 머리맡에 책을 두고 잔다고 하던데. 잠이 깨면 곧 책을 읽으려고 그러겠지."

갑자기 세철은 가슴이 격렬하게 뛰기 시작했다. 그래, 내게도 언젠가는 무더운 여름밤에 이 도서관 앞뜰에서 쉬면서도 책을 들고 있을 날이 오겠지. 전차길 옆 빵집에서 빵을 사다가 저녁을 때우면서 유원과 함께 앉아서 서로의 마음을 주고받았던 그 이야기를 기억하면서 공부할 날이 올 것이다.

5

시청 방향으로 가는 전차가 도착했다. 유원이 되돌아서 방긋 웃으면서 전차에 올랐다. 세철도 손을 흔들다가 얼른 탔다. 차장이 표를 내라고 하자, 세철이 당황하고 있는데, 유원이 지갑에서 전차표를 두 장 꺼냈다.

"바래다줄게."

세철은 조금 전까지도 생각하지 않았던 일이었다. 유원은 설핏 웃으면서 세철의 발갛게 상기된 표정을 지긋이 살폈다. 세철은 공연히 부끄러워서 유원을 외면했다.

"돌아올 때에는 내가 다시 바래다줄까?"

"그럴 필요 없어. 나도 이제는 전차길 정도는 잘 안다. 갔던 길로 되돌아오면 되지 뭐."

세철은 고개를 내저으면서 그럴 필요가 없다고 말했다.

중앙청역에서 둘이 내렸다.

"유원의 집 앞까지 바래다줄게. 밤이 늦었는데, 혼자 가는 것이 안심이 안 되어서 그래."

세철은 어른스럽게 말했다. 유원은 쿡쿡 웃음이 나왔다.

"그래. 나도 혼자만 가기가 좀 그랬는데, 네가 같이 가주니까 든든해. 세철은 힘도 세고 용감하니까. 서울 깡패도 무서워하지 않잖아?"

유원은 세철이 중학생 때 보육원 깡패들과 장작개비를 들고 싸웠던 일이 되살아났다.

"그렇다고 난 깡패가 아니고 정의의 기사야. 유원이를 지켜주는 용감한 기사, 안 그래?"

세철이가 명랑하게 지껄였다.

"그래. 그 말이 맞다."

"괜찮아. 사실은 나는 깡패지. 그런데 오늘 밤만은 유원이를 지켜주는 기사가 되고 싶다."

"그래. 고마워. 그리고 너와 함께 가니 든든하다."

유원은 환하게 웃으면서 세철이 손을 잡았다. 세철은 움찔했다. 걸음을 멈추고 유원을 쳐다봤다.

"서울로 오기 며칠 전에 수요예배를 드리고 집으로 올 때 네가 북초등학교 앞까지 바래다주던 일이 생각났어."

세철의 표정이 팽팽하게 굳어졌다.

"나도 그때를 생각했어. 그리고 며칠 후에 너는 제주를 떠났지. 내가 부두 방파제에서 네가 탄 여객선이 안 보일 때까지 손을 흔들었던 거 넌 모르지. 내가 편지로 썼던가? 그런데 말이다. 배는 눈앞에서 사라졌는데, 네 얼굴은 내가 흔드는 손길 위에 크게 어려 있는 거야."

그 말을 하면서 세철은 목이 메었다. 그때는 유원을 다시는 만나지 못할 것처럼 생각되었다. 그런데 이렇게 만나서 밤길을 같이 걷고 있는데, 문득 오늘 밤 유원을 이렇게 배웅하는 것도 마지막이라는 생각이 들었다. '앞으로 우리가 어떻게 변할지 모른다'라는 말이 가슴을 흔들었다. 그날도 북초등학교 앞에서 헤어진 후에 유원은 제주를 떠났다. 오늘 밤도 서로가 서울에서 산다고 해도, 결국 중학생이나 어렸을 때의 추억만이 남아 있을 것이고, 몸과 마음은 변하면서 자라게 될 것이다. 지난날 아름답게 생각했던 것들은 그대로 남아 있을 것인데, 그보다 더 크고 넓은 미래가 펼쳐지기 때문에, 그것들은 아주 작은 것으로 남아 있게 될 것이다.

오늘 밤 대학 구내에서 유원이 한 말은 지금까지 우리의 관계를 정리하자는 것이라고 생각했다. 그 말은 모두 옳다. 그것을 받아들이기 위해서 유원을 마지막으로 배웅하고 싶었던 것이다.

삼청동 쪽으로 올라가다가 오른편 길로 접어들었다.

"이제는 가도 되는데, 여기는 우리 동네니까, 깡패가 나타나지 않아."

유원이 걸음을 멈추면서 세철을 쳐다보았다.

"집 앞까지 바래다주고 싶어."

세철은 유원의 시선을 피하면서 말했다. 길 양편에 집들이 늘어서 있다. 방 안의 불빛이 길가까지 새어나오고 있다. 조금 걸어가면 네거리가 나오고, 거기서 조금 가면 규석이네 병원이 나온다.

세철은 혹시 유원이 아는 얼굴을 만날까 봐서 돌아가라고 하는 것이 아닌가 생각했다. 그래서 걸음을 멈추고 유원을 쳐다보았다.

"왜 그런 눈으로 날 봐?"

"나 이제 돌아갈까?"

"집까지 데려다준다고 해놓고."

유원의 눈이 커지더니 얼른 세철의 손을 잡았다.

"이렇게 손잡고 걸어보자. 그러면 다시 되돌아가겠다고 안 하겠지."

"혹시 아는 사람이라도 만나면……."

"우리가 뭐 어때?"

세철은 '혹시 규석을 만나면 어쩌려고?'라고 하려고 했다.

"이 골목을 걸으면 참 편안해. 오늘은 너와 함께 걸어서 더 편안하고 즐거워. 아주 어렸을 때, 걸음을 배우기 시작할 때부터 이 골목을 걸었으니까. 전쟁이 끝나서 부모님과 함께 걸을 수는 없지만, 세철이가 이렇게 같이 걸어주니까, 문득 그런 생각이 드네. 이 골목을 걷는 것은 참 편안하고 즐겁다."

말하며 걷다보니 규석이네 병원을 지나왔다. 이제는 집까지 거의 다 왔다. 한 블록을 지나면 유원이 집이다.

세철은 천천히 걸었다. 다시는 이렇게 둘이 걸을 수 있는 기회가 없을 것이다. 땀이 흥건히 목덜미에 배었으나, 가슴이 서늘하고 조금도 더위가 느껴지지 않았다. 유원은 몇 번이나 손수건으로 이

마의 땀을 훔쳤다.

유원이네 집 대문이 보였다. 세철은 우뚝 멈춰 섰다.

"그럼 잘 자. 오늘 찾아줘서 고맙다."

세철은 얼떨결에 인사말을 하고 휙 돌아섰다. 유원은 그러는 세철이 이상했다. 화난 사람 같았다.

"좀 더 걸어가자. 저기까지."

유원은 앞을 가리켰다. 불과 100미터 안팎의 거리이다.

"동생들이라도 보면 흉이 된다. 아주머니나 고모라도 오셨다가……."

세철은 한마디 하고서 그냥 되돌아서 걸었다. 눈앞에 뽀얗게 안개가 끼듯이 어둑해졌다. 눈물이 흘러내렸다.

"세철아, 같이 가자!"

유원이가 뒤따라왔다. 부르는 유원의 음성이 갑자기 누구에게 따귀를 맞은 것 같았다.

"여기까지 왔으니, 내가 전차 정거장까지 바래다줄게. 이 골목에 깡패들이 많아. 그런데 나는 다 아니까, 내가 세철이와 같이 가면 아무도 건드리지 않아."

유원이 장난스럽게 말하다가 시무룩해진 세철의 표정에 얼굴이 굳어졌다.

"너, 내일 고향으로 내려가니?"

"아니?"

"왜 다시 못 만날 사람처럼 그래?"

유원도 세철의 표정에 기분이 흐트러졌다.

"아니, 오늘 너무 즐거워서 그래. 너와 이렇게 걸을 수 있는 기회가 자주 있겠니. 이제 모두 바쁘게 살아야 하고, 그리고 설사 만나서 같이 걷는다 해도 오늘 밤과 같은 기분은 아닐 거야."

"그때는 그때이고, 즐거운 날은 즐겁게 지내자. 내일을 생각하면서 오늘 좋은 분위기를 우울하게 만들 필요는 없지. 그것은 바보짓이야. 세철은 너무 많은 것을 생각해서 탈이야."

"그런가?"

세철은 유원이 자기를 너무 확실하게 알아버리자 할 말이 없었다.

큰길로 나왔다. 횡단도로를 건너 광화문 네거리 쪽으로 조금 걸으면 전차 정거장이다.

그때였다. 규석이 책가방을 들고 걸어오다가 둘을 보더니 의아한 표정을 지었다.

"이제 학교에서 오니? 도서관에서 늦게까지 공부했구나."

유원이 어색하게 웃으며 말했다.

"어쩐 일이니? 세철이 그동안 왜 연락을 안 했어?"

규석은 당황해하는 세철의 표정이 재미있었다. 세철이 제 감정을 숨기지 못하는 성미라는 것을 알고 있었다. 예전에도 그랬는데, 고등학생이 된 지금도 여전한 것이 신기했다. 너무 순진해서 그런가?

"유원의 집에 들렀었구나. 가지 말고 형님이랑 같이 자고 가지. 다시 돌아가자."

규석은 세철의 손을 잡아끌었다.

"아니, 가봐야 해. 참, 문학의 밤 멋있었다. 규석이 넌 못하는 것이 없어."

"세철아, 넌 어떻고."

둘은 손을 잡은 채 소리 내어 웃었다. 유원은 두 학생의 표정이 의외였다.

그때 전차가 왔다. 세철은 서둘러 탔다.

전차가 떠났다. 세철은 유원과 규석이 나란히 걸어가는 뒷모습에서 눈을 떼지 못했다.

갑자기 가슴이 뛰었다. 왜 이러는 거지?

세철은 바로 다음 정거장에서 내렸다. 그리고 길을 건너 반대 방향으로 가는 전차를 탔다. 이제부터 유원을 다시 만나지 못할 것이다. 만난다 해도 제주에서 가졌던 그 마음 그대로 만나지는 못할 것이다. 이제 그 마음을 정리할 때가 되었다. 그러기 위해서 세철은 유원을 배웅한 것이다. 유원이 다시 세철을 따라오지 않았어도 좋았을 텐데, 규석을 만나면서 유원과의 감정을 정리할 때가 되었다고 생각을 굳혔다. 참 이상하다. 내가 왜 동숭동에서 유원을 배웅할 생각을 했던가? 그리고 왜 그 집 앞까지 갔던가? 규석이네 병원이 보이는 거기에서 되돌아왔어야 했는데. 그리고 왜 유원은 나를 따라 다시 전차 정거장까지 왔는가? 규석을 만나도록 누가 조종한 것이다. 내가 유원에 대한 마음을 정리하지 못하고 우물거리는 것을 알고서 말이다.

전차가 서울역에서 멎었다. 세철은 누구와 약속한 것처럼 서둘러 내렸다. 그리고 옥자네 집을 향해 바삐 걸어갔다.

남대문이 바라보이는 곳에서 오른쪽 골목으로 들어가려던 세철은 멈칫했다. 주위를 둘러보았다. 사람들이 바쁘게 오가고 있다. 여전히 그날 밤처럼 손님을 부르는 아줌마들의 은근한 눈초리가 번득였다. 양아치들이 지나가는 사내들을 흘끔거린다.

'내가 지금 어딜 가는 거지?'

그렇게 물으면서도 옥자를 만나면 유원보다 더 편할 것 같았다. 그것은 내일을 생각하지 않아도 되기 때문이다. 유원이가 그렇게 부탁하듯 말했는데도 세철의 생각은 내일로 달려갔다. 내가 옥자의 발가벗은 몸이 탐나서, 그 상긋한 입술이 좋아서 여기까지 달려왔는가? 순간 심한 부끄러움에 몸이 떨렸다. 옥자의 얼굴 위로 새하얀 유원의 얼굴이, 천사 같다고 생각하는 그녀의 마음이 하얀 목화송이처럼 피어오르는 것이었다.

세철은 화난 사람처럼 마치 누구 때문에 속아서 이곳으로 달려

온 것처럼 숨을 씩씩 거칠게 쉬면서 골목길로 들어서다 말고 갑자기 돌아서서 전차 정거장 쪽으로 걸어갔다.

그때였다. 양아치처럼 보이는 사내가 짐을 들고 전차를 기다리는 학생을 붙잡아 끌듯이 데려가고 있었다. 끌려가던 아이는 학생 복장을 하고 있는데 주위를 돌아보면서 겁먹은 얼굴이었다.

세철은 그들을 따라갔다. 끌고 가는 사내는 세철을 의식하지 못한 채 앞만 보면서 갔다. 세철은 그들과 댓 걸음 사이를 두었다. 그들이 골목으로 들어갔다.

세철도 따라 들어갔다.

"야, 돈 가진 거 다 내놔. 허튼 수작 부리면, 너 죽는다."

사내가 학생을 닦달했다. 학생이 주위를 둘러보면서 가방에서 뭘 꺼내서 내밀었다. 사내가 얼른 그것을 후려쳤다. 세철은 그 사내의 뒤로 그 손을 붙잡았다.

"왜 남의 것을 빼앗는 거야!"

사내는 세철을 보자 당황하더니 상을 찌푸렸다.

"넌 누구야. 왜 간섭이야. 어서 꺼져!"

"이것을 돌려주면 꺼져주마."

그러면서 그 사내가 쥔 지갑을 빼앗으려 했다.

"이 자식 정신 나갔군."

사내가 세철을 쳤다. 그러나 벌써 세철의 주먹이 사내의 면상을 가격했다. 사내가 비틀거리는 사이에 세철은 돈지갑을 학생에게 던져주고 '어서 가라'고 손짓했다. 그때였다. 둔탁한 뭔가가 뒷머리에 부딪치는 느낌을 받았다. 사내가 벽돌을 들고 친 것이다. 사내가 다시 무엇을 들고 치려고 했다. 세철이 그것을 피하면서 허리에 차고 있던 탄띠를 풀어 사내의 면상을 향해 던졌다. 그것이 상대방의 얼굴을 감았다. 사내가 비틀거렸다. 그때였다. 다시 누군가 그의 등을 가격했다.

세철은 정신이 가물가물 흐려져 갔다.

눈앞이 부옇게 트여왔다. 낯선 곳이다. 거기에 여자의 하얀 얼굴이 희미하게 나타났다 스러지고 나타났다 스러지기를 되풀이했다. 고향에 계신 어머니 얼굴인 것 같기도 하고, 유원의 해맑은 얼굴 같기도 했다. 차츰 낯선 공간이 선명해지면서 그 나타나던 얼굴이 고정되었다. 그러나 여전히 초점이 흐려서 희미했다. 그때 귓가로 이상한 소리가 들렸다.

"죽진 않았구나, 이 싸움쟁이!"

그다음에는 상긋한 냄새가 코로 스며들었다. 비누 냄새인가, 분 냄새인가, 언젠가 맡았던 입술 냄새인가?

얼굴이 따갑고 아팠다. 어깨도 아팠다. 그러는 중에 눈앞에 모든 것이 선명하게 제 형체를 드러내기 시작했다. 상체를 거의 벗은 옥자가 가제를 세철의 얼굴에 붙이고 있다. 등도 아프다.

"앞과 뒤로 다 맞았군. 아니 여기가 어딘 줄 알고, 이 바닥에서 혼자 싸움질을 해. 재수 좋았어. 최 경관이 순찰을 돌다가 만났기에 그렇지, 하긴 넌 운이 트인 놈이야. 아마 앞으로 이 바닥에서 한 몫을 하려는가 봐."

옥자가 주인아주머니와 주고받은 말이었다.

"어허, 이 자식 살아났네. 거 참 질긴 인연이군."

사내가 들어와서 킬킬거리면서 시부렁거렸다.

"오빠와 친구가 되려는 모양이야. 인연 아니겠어."

옥자의 말소리가 붕 떴다.

"아니, 이놈, 여기에 나타난 것을 보면, 이상하다. 요전에도 왔다 갔다면서. 혹시 말이야, 널 좋아하는 거 아냐?"

그 소리에 세철은 제 마음을 누가 훔쳐본 것처럼 부끄러웠다.

"오빠, 질투해요? 풋내기야. 좋아하긴. 지난번에 내가 한 번 준다고 해도 도망치던데."

"그러니까 좋아하는 거지. 혹시 이 자식 언제 내 등에 칼 꽂을지 모르겠네."

사내의 목소리가 착 가라앉아 있다.

"거, 재미있겠다. 사랑의 결투. 공연히 날 닦달하려고 구실 만들지 말아요."

옥자의 목소리도 차분하게 들렸다.

세철은 눈을 뜨고 싶지 않았다. 이 방에서 모두 나가버린다면 도망치고 싶었다. 어서 사내만이라고 나가줬으면 했다.

"그래도 내가 있어서 이놈 살아난 거야. 내가 보니까, 옆 가게 놈들이 이 친구를 마구 짓밟고 있는 거 아니겠어? 그래서 가서 보니까, 이놈이거든. 그런데 이상하게 정이 가더라. 인연이란 참 묘한 것이지. 그래서 말리고 있는데, 마침 최 경관이 지나간 거지. 그런데 최 경관의 말이 걸작이야. 이 자식 여기에서 싸움 맛을 보았구나, 그러는 거 아니겠어. 그래서 내가 데려왔지. 그런데 생각해보니, 내가 공연히 선심 써서 이놈을 살려놓은 것 같다. 나중에 내 등에 칼을 꽂을 놈인 것 같은데……."

"아이고, 말씀도 심하네. 내가 다짐을 받아놓을게요. 오빠가 내 애인인데, 질투하지 말라고. 이 바닥에서 질투하면 그것으로 목숨 끝이라고. 야, 그러고 보니, 이 옥자 대단하군. 오빠도 날 질투하고, 히힉."

옥자가 웃자, 사내는 "그래, 잘 놀아봐라" 하면서 방을 나갔다.

세철은 얼굴과 어깨에서 통증이 심했다. 그러나 이 방에서 도망 갈 궁리를 하느라 아픈 것도 잊어버렸다. 그런데 여기를 나간다고 어디로 갈 것인가? 통금 시간도 가까웠다. 이 모습으로 집으로 들어갈 수 있을까?

"엄마, 나 오늘 손님 못 받겠어요. 이제 통금이 가까웠는데, 환자를 길바닥으로 내몰 수도 없고. 긴 밤으로 계산하세요."

"그건 좋다만, 그놈이 그냥 둘까. 정말 질투하면 네 모양 우습게 된다."

"왜 질투해요? 내가 이 친구에게 긴 밤 값 받으면 되지. 내가 뭐 천사예요?"

"그래, 잘 생각했다."

"보아하니, 돈이나 있는 집 아들 같은데, 긴 밤 값을 빼먹기야 하겠어요."

세철은 아무런 생각도 들지 않았다. 이 집을 나간다고 해도 곧 통금이라서 아무 데도 갈 수가 없다. 전차도 끊겼다.

그래도 이 집에서 나가야 한다. 그때 옥자가 방을 나갔다. 신문지를 갖고 가는 것을 보니 화장실로 간 것 같았다.

세철은 호주머니를 뒤졌다. 천 원짜리와 백 원짜리 몇 장이 있었다. 천 원짜리 한 장을 화장대 위에 던져두고 방을 나왔다.

길을 달리다가 파출소로 들어갔다.

"어어, 이 자식 봐라!"

경관이 상처를 보고는 놀랐다.

"최 경관님, 사실은 제가 싸우려고 한 것이 아니라……."

깡패와 싸우게 된 사연을 말했다.

"이제 동숭동 방향으로 가는 전차가 없을까요?"

경관이 시계를 보더니 막차가 있다고 했다.

"고맙습니다."

인사를 하고 나오는데 경관이 한마디 했다.

"다시는 이곳에 얼씬거리지 마라. 여긴 무법천지야. 다시 널 만나지 않았으면 한다."

최 경관의 말을 등 뒤로 들으면서 거리로 뛰쳐나왔다.

다시는 여기에 오지 말라고. 내가 왜 오늘 여기로 왔던가?

전차가 도착했다. 세철은 옥자네 집으로 들어가는 골목을 한번 쳐다보면서 차에 올라탔다.

사람과
사람

1

"명세철!"

9월 월례고사 성적표를 나눠주던 담임은 맨 뒤에 앉아 있는 세철을 건너다보았다.

"예?"

세철은 말을 더듬으면서 앞으로 나갔다. 편입하고 보니 모든 것이 낯설었다. 수업하는 방식이나 교과서도 달랐다. 더구나 학급 학생들이 그를 보는 이상한 눈길을 견디기 어려웠다. 완전히 동물원 원숭이 보듯 했다.

"야, 제주도에서도 축구 하냐? 볼을 차면 바다로 떨어진다던데?"

"야, 비바리가 뭐야?"

"거기 돼지들은 사람 똥을 먹는다며? 그 고기를 사람이 먹고, 그
러면 결국 사람이 사람 똥을 먹는 거 아냐?"

"너네 집은 상당히 부잔가 보다. 고등학교 때부터 서울로 유학
을 왔으니?"

처음 며칠 동안 쉬는 시간이면 그의 주위로 아이들이 몰려들어
말도 안 되는 것을 물었다. 그래도 세철은 참았다.

"전학 왔다고 아이들이 혹 놀리더라도 참아라. 더구나 제주에서
왔다니까, 더 할 거야."

편입이 확정되었을 때에 정 선생과 형이 단단히 당부했다.

"절대 싸우지는 마라. 여기 아이들은 무서운 데가 없다. 한 학
급에 싸움꾼들이 둘셋씩은 있으니 속이 상해도 두어 달만 참아라.
알았지."

세민은 동생의 성격을 아는지라 몇 번이고 당부했다.

그래도 견디기 힘들었다. 제주를 미개지처럼 대하는 학생들 태
도에는 참을 수 없었다. 쉬는 시간에 그렇게 당하고 나니, 수업시
간이 되어도 정신이 집중되지 않았다. 오늘은 얼마나 아이들에게
시달릴까 생각하면, 공연히 전학 온 것을 후회하기도 했다. 누구에
게 이러한 사정을 터놓고 말할 수도 없었다. 유원이나 형이나 정
선생에게도 말할 수 없었다. 말한다고 해결될 문제가 아니다. 내가

이겨낼 수밖에 없다. 그렇게 생각하니 외로움이 이런 것이로구나, 알게 되었다. 유원의 문제로 마음 고생한 것은 호사스럽다고 생각했다.

민철에게도 이런 사정을 말하지 않았다. 두 달만 죽은 듯이 견뎌보자. 그때쯤이면 아이들이 내 존재를 어느 정도 알게 될 것이다. 그러기 위해서는 우선 시험을 잘 봐야 했는데, 첫 시험은 제대로 치르지 못했다. 수업 방식도 달랐고, 교과서도 달랐을 뿐만 아니라, 9월 월례고사 범위가 방학 과제를 중심으로 출제됐기 때문에 제대로 볼 수 없었다.

세철은 앞으로 나갔다. 단단히 꾸중을 들을 줄 알았는데 담임 눈길이 예사롭지 않았다.

"공부 잘했는데, 전 학교에서 68등을 했다."

세철은 그 말을 제대로 듣지 못했다.

"저보다 잘하는 학생들이 많습니다."

겸손하게 말했다. 담임도 교장으로부터 세철에 대해서 어느 정도 들어 알고 있었다. 더구나 전학 올 때 갖고 온 전 학년 생활기록부에서 전 학년 1등이라는 것도 알았다. 그러나 제주에서 1등을 대수롭지 않게 생각했다. 그런데 월례고사 성적을 보고 담임도 놀랐다. 시험 여건이 안 좋은데도 성적이 괜찮았다.

"공부 열심히 해라. 다음 달에 기대하겠다."

담임은 세철이만 들을 수 있도록 조용히 말했다. 세철은 눈물이 나올 것같이 고마웠다. 전학 와서 학교 안에서 이렇게 다정하게 대해주는 사람은 처음이었다.

"자, 들어라. 우리 반에 전학 온 명세철이가 이번 시험에 우리 학급에서 9위를 했고, 전교 68위를 했다. 이번 시험이 방학 과제를 중심으로 출제했는데도 그런 성적을 얻었다면 꽤 실력이 좋은 친구임에 틀림없다. 아직도 학교 분위기에 낯선 명 군에게 여러분은 좋은 벗이 되어줘라. 알았지."

세철이 꾸벅 인사를 하고 되돌아서는데 아이들의 눈빛이 자기에게 몰려드는 것을 느꼈다.

자리로 돌아온 세철은 통지표를 슬그머니 펼쳐보았다. 9/58, 68/596이라는 숫자 나열을 보는 순간 갑자기 부끄러움이 울컥 일었다. 학교를 다니기 시작해서 이런 성적은 처음이었다. 중학교 3학년 때 전교에서 20등을 해서 화제가 되었으나 그때는 유원의 생각으로 시험에 아예 관심이 없었던 것이다.

유원과 규석의 얼굴이 떠올랐다. 그들은 늘 반에서는 1, 2등을 했고, 전교에서도 늘 5등 안에 든다고 형에게 들었다. 내가 만약 규석이네 학교에 다녔다면 몇 등을 할 수 있을까. 596명 중에 500등 정도 될 것이다. 5등과 500등, 순간 가슴이 답답하고 숨이 가빠졌다. 이 성적을 어디에 내놓을 것인가?

종례가 끝나고 학생들이 하나둘 교실을 나갔다.

"어이, 세철이. 개천에서 용 났네!"

부러움인지 야유인지 모를 말소리가 귓가로 스쳤다.

"자식, 그래도 공부는 하는 모양이네. 우리 반에서 9등이라면 삼삼한 성적이야."

"1, 2등 하는 애들이 새로운 경쟁 상대를 만나게 되겠는데……."

"우연이지. 뭐 섬놈이 뛰어봤자 제주도지. 그러지 않겠어."

세철은 그들의 야유보다도 유원과 규석의 성적을 생각하고 있었다. 내가 그들과 경쟁하고 싶어서 서울로 전학을 왔는데, 여전히 그들을 따라가기는 어림도 없어 보였다.

세철은 담임의 격려에도 기분이 여지없이 처졌다.

교실 안에는 몇 명의 학생만 남아 있었다. 세철은 서둘러 책가방을 정리하고 복도로 나왔다. 승강구를 나왔을 때 담임인 영어 선생님이 직원실 앞에 서 있는 미군 지프차 옆에서 미군 여군과 이야기하고 있었다. 아이들은 그 주위로 몰려들어서 두 사람을 신기한 듯이 쳐다보고 있었다.

"아, 저기 오는군!"

세철이 승강장을 나서는데 담임이 손짓했다. 안드레 소령이 지프차 옆에 서 있었다.

그는 순간 가슴이 무엇으로 꽉 차면서 흥분되는 걸 느꼈다.

"미스터 명!"

안드레 소령이 두 팔을 벌려 덥석 세철을 껴안았다. 담임은 물론이고 모여 있던 아이들이 이 기이한 풍경을 멍청하게 바라보았다. 포옹을 푼 둘은 영어로 그간의 안부를 물었다.

"이 학교에서 공부한다는 말을 며칠 전에 정 원장으로부터 들었지. 마침 오늘 볼 일이 있어서 좀 일찍 퇴근하려는데 갑자기 미스터 명을 만나고 싶었어."

안드레 소령은 찾아오게 된 연유를 영어로 소개했다.

"저도 소령님을 종종 생각했어요. 그런데 새 학기가 되어서 정신없이 지내다 보니 연락을 못 드렸네요. 미안해요. 그래도 늘 생각하고 있었어요. 2학기부터 이 학교에 편입하게 되어서 9월 2일부터 다니기 시작했어요. 이렇게 찾아줘서 정말 감사해요. 이분이 2학년 3반 제 담임선생님이십니다."

세철은 담임인 송 선생을 소개했다.

"감사합니다. 세철은 제 동생이거든요. 제가 오늘 학부모로서 이 학교를 방문했어요."

"명세철 군은 정말 공부를 잘하는 학생입니다. 오늘 9월 말 고사를 봤는데……."

송 선생은 세철의 성적을 말했다. 세철은 너무 창피했다.

"그래요? 이 학생은 영어를 아주 잘해요."

그러면서 중학교 때에 영어웅변대회 이야기를 꺼냈다. 그 말을 듣던 송 선생과 아이들 눈이 커졌다.

"부끄러워요. 제가 안드레 소령님께 떼를 써서 영어 공부를 좀 했어요. 다 지난 일이에요."

세철은 겸손하게 말했다.

"저는 이 학생을 존경하고 또 너무 좋아해요. 왜냐면……."

안드레는 미국 유학을 보내주겠다고 해도 사양한 이야기까지 했다. 송 선생은 세철이 보통 학생이 아니라는 것을 직감적으로 알았다. 그는 주위에 모여든 학생들에게 안드레 소령의 이야기를 전했다.

"우리 반에 명세철 군이 이 미군 안드레 소령과 아주 친한 사이란다. 중학교 때부터 알게 되었는데, 그동안……."

송 선생은 안드레 소령이 이곳에 찾아온 사연을 학생들에게 전했다. 학생들이 '우우우' 소리를 지르면서 박수를 쳤다. 세철은 손사래를 치면서 별일이 아니라고 웃어넘겼다.

"이제 수업이 끝난 모양인데, 내 차로 같이 가자. 동대문 쪽으로 가야 하니까."

안드레 소령은 송 선생과 악수하고 세철을 뒷좌석에 태웠다. 아이들이 손을 흔들었다.

지프차가 건물을 따라 운동장 외곽에서 한 바퀴 돌고서 교문 쪽으로 방향을 잡았을 때였다. 민철이 책가방을 들고 체육관으로 달려가고 있었다.

"잠깐만 차를 세워주세요."

차가 멎었다.

"민철이 형!"

세철은 차창을 열고 고개를 밖으로 내밀었다.

"어! 웬일이냐?"

"형! 오늘도 검도 연습을 하는 거야?"

민철은 고개를 끄덕였다.

"오늘 목요일이지 않니? 넌 웬일이야?"

"집에 가서 이야기할게."

"나 오늘 늦을 거야. 어머니와 동대문 시장에서 장을 봐야 하니까."

"그래요. 이따 만나요."

세철은 교문을 나서는 민철의 모습이 당당하게 보였다. 하숙생이 다섯이나 된다. 그 어머니는 밤늦도록 부엌일을 한다. 민철은 이따금 어머니와 함께 장을 보러 갔다. 세철은 안드레 소령에게 민철의 이야기를 했다.

가는 도중에 세철은 학교에 편입하게 된 사정이며, 오늘 월례고사 성적에 대해서 말했다.

"성적이 좀 떨어지면 어때? 미스터 명은 성적 걱정은 하지 마.

너는 무엇이든지 한다면 할 수 있어. 3학년이 되면 학교에서 뛰어난 학생으로 인정받을 거야."

그 말에도 별로 즐겁지 않았다. 그런 말을 들을수록 유원과 규석의 생각을 떨쳐버릴 수 없었다.

지프차는 창경원을 지나서 혜화동 로터리를 반쯤 돌아서 세철의 하숙집 부근에서 멎었다. 세철이 때문에 돌아온 것이다.

"자, 이거 갖고 가. 공부하면서 먹어. 이것은 안드레 누나가 미스터 명에게 주는 거야. 미군부대에서 먹다 남은 것이라고 생각하지 말고, 알았지."

안드레는 세철의 성격을 알고 있어서 혹시 불쾌하게 여길까 마음을 썼다. 제주에 있을 때에도 절대로 공으로는 받지 않았던 기억이 되살아났다.

안드레는 큰 종이가방을 건네주었다. 세철은 고맙다면서 받았다.

"10월 첫 주 주말쯤에 연락할게. 우리 집에서 식사하자. 알았지. 파이팅!"

안드레 소령은 차에서 내려 세철을 덥석 껴안고 등을 도닥여주면서 격려했다.

지프차가 떠나자 세철은 들고 있는 것은 보았다. 종이가방 안에는 커피와 초콜릿과 여러 종류의 과자들이 포장되어 있었다. 겉포장지에 써 있는 문장을 읽으니 내용을 알 것 같았다. 그런데 이

것을 들고 하숙집으로 가는 것이 쑥스러웠다. 미군부대에서 나오는 물건을 들고 들어가면, 내가 미군에게 이런 물건을 받는 것을 자랑으로 생각하는 줄 알 것이다.

세철은 그 종이가방을 들고 한참이나 서 있었다. 좋아하는 물건도 있었다. 중학생 때 미군 병원에 입원해 있으면서 먹었던 과자 맛을 알고 있었다. 그래도 그것을 들고 하숙집으로 들어갈 수는 없었다.

'이것을 옥자에게 갖다 주면 좋아하겠지?'

순간 그런 생각이 들었으나 책가방을 든 채 교복 차림으로 그곳까지 갈 수는 없었다.

그때 모퉁이 가게가 눈에 띄었다. 밖에서 보니 미군 물건들이 많이 진열되어 있었다. 세철은 가게 안으로 들어갔다.

"미군 물건 사십니까?"

40대 중년 사내는 세철의 행색을 살피더니 종이가방을 받았다.

"어디서 났지?"

주인은 물건을 대충 살피고는 세철을 쳐다보았다. 물건들은 모두 값나가는 고급품들이었다.

"제 아는 분이 미군 소령입니다. 제가 공부하면서 간식용으로 먹으라고 주었는데……."

"이런 물건 자주 가져올 수 있니? 그러면 내가 값을 잘 쳐줄게."

"그러지요. 제 누님이거든요. 미8군 병원 간호부장인데……."

엉겁결에 거짓말을 해버렸다.

주인은 종이가방 안에 있는 물건들을 탁자 위에 펼쳐놓았다. 거기에 연필도 한 다스가 나왔다.

"이것은 빼주세요."

세철은 얼른 그것을 집어 가방에 넣었다. 한국산 연필은 심이 자주 부러지고 엉망이다. 미군 연필이 좋다는 것은 세철도 알고 있었다.

"상당한 백을 갖고 있군. 그래, 잘 쳐준다."

주인은 천 원짜리 3장을 내밀었다. 세철은 물건 값을 얼마 받을 것인가를 생각해보지 않았다. 그냥 물건을 처치하는 것만도 다행이었다. 그런데 3000원은 꽤 많은 돈이었다. 이 돈이면 고향으로 가는 여비도 될 수 있다. 옥자가 긴 밤 값으로 받는 돈이 이 정도라고 했다. 하숙비도 한 달에 8000원이다.

세철은 주인이 내미는 돈을 빼앗듯이 받고 가게를 나왔다. 미군 부대에서 나오는 물건 값이 보통이 아니구나. 그런데 규석의 집에 가면 모두가 미군 물품뿐이다. 그것은 어디에서 나는 거지. 안드레 소령이 갖다 주는 걸까? 아니다. 정 원장도 안드레 소령과 연락이 닿은 지 얼마 안 되지 않은가. 정 원장은 미군 친구들이 많다.

세철은 오늘 하루 일어났던 일들을 생각하니 꿈만 같았다. 9월 월례고사 성적은 예상보다는 잘 나왔다. 그런데 받고 보니 생각이 달라졌다. 사람의 욕심이 한이 없구나. 담임선생이 자기를 배려해 준다는 것도 의외였다. 그렇다면 내게서 뭔가 가능성을 보았기 때문이 아닌가? 안드레 소령을 만난 것도 의외였다. 지나가다가 생각이 나서 들렀다고 했지만, 사실은 그렇지 않을 것이다. 선물을 마련한 것을 보면 안다.

미군 물품이 값을 많이 준다는 것도 몰랐던 일이다. 한 달에 한 번만 안드레 소령에게서 물건을 받는다면 용돈은 충분하겠다. 그렇게 생각하다가 세철은 오른쪽 주먹으로 머리통을 세게 후려갈겼다.

'이 치사한 자식, 너 벌써 거지가 되었구나!'

속으로 소리 질렀다.

'왜 그래? 호의로 갖다 주는 것이니 받으면 안드레 소령도 즐겁고, 너도 돈이 생겨서 좋을 테고, 둘 다 좋은데. 아니, 그 외제물품 파는 가게 주인도 좋고, 고급 물품을 사가는 사람들도 좋을 텐데, 왜 그것이 문제가 되나?'

속으로 변명을 했다.

'임마, 그것은 거지 근성이다.'

'거지 근성? 서울역에 나가봐라. 100원 벌기 위해 이리 뛰고 저리 뛰고 야단이다.'

세철은 자기 마음을 따져보았다. 갑자기 미군 물품 받는 문제로 고민이 생겼다.

'안드레가 그 물품을 다시 갖다 준다고 그랬어? 떡 줄 사람 생각은 않고, 김칫국부터 마신다는 격이군. 내가 물건을 원하는 눈치를 보이면 갖다 줄 거다.'

'왜, 내가 거지니?'

'미군 물건 좋아하는 것은 다 거지 근성이야.'

계속 그 생각을 되풀이했다.

사람들이 들어오는 기척이 들렸다.

세철이 방문을 열고 내다보니 주인아줌마와 민철이 뭔가 한 짐을 들고 들어섰다. 방 안에 있던 두 동생이 뛰어나가 짐을 받아들었다. 민철은 양식 포대를 지고 들어왔다. 한 주에 한 번씩 이렇게 모자는 장을 봐온다.

민철은 쌀 포대를 들어서 툇마루 위에 올려놓았다. 세철이 얼른 그것을 들고 마루로 갖다놓았다.

"이걸 어떻게 지고 왔어?"

천으로 된 쌀 포대는 꽤 무거웠다.

"배달을 시켜도 되지만, 내가 한번 져봤어. 이거 동대문 시장에서 여기까지 운반해오려면 500원은 줘야 할 거야. 내가 500원을 벌었지."

민철의 말에 세철은 얼굴이 화끈거렸다.

민철이네는 먹고 살 만큼 재산도 있다고 들었다. 그런데 고3인 학생이 하숙을 치는 어머니와 시장을 같이 본다는 것은 세철로서는 생각할 수 없는 일이었다.

"내가 저녁상을 차리는 동안에 채소를 좀 다듬어라."

주인아주머니가 부엌으로 들어가면서 민철의 동생들에게 말했다. 마당 한가운데에 채소와 비린 조기와 반찬거리들이 널려 있었다. 고1짜리 큰딸이 수돗가로 나와서 팔을 걷었다. 중2짜리 막내도 민철의 눈치를 살피면서 누나를 거들었다.

세철은 그 모습을 보다가 가슴이 뭉클했다. 가족이란 이런 것이구나. 고향에는 홀로 된 할머니와 어머니만이 계신다. 일거리가 많으면 품을 샀다. 집안에는 아무도 없다. 지금까지 살아오면서 어머니의 일을 도와드린 적이 없다. 나는 어머니의 가족이 아니었던가?

뭉클하니 고생하는 어머니 모습이 떠올랐다.

"형, 나도 뭐 할 일 없어?"

세철은 구경만 하는 것이 미안해서 마당으로 내려가 뭐 도울 일이 없는가 민철의 눈치를 살폈다.

"샌님은 안 된다. 잘못하면 엉망이 되지. 구경하는 것만으로도 함께 일하는 거야."

세철이 끼어들어도 할 일이 없다. 그렇다면 미군 물자 중에 절반은 남겨두었다가 이들 동생들에게 나눠줄걸. 그러면 얼마나 좋아할까? 갑자기 연필 생각이 났다.

저녁상을 물린 다음에 세철은 연필 한 다스를 내놓았다.

"형, 오늘 안드레 소령님을 만났는데, 이걸 주었어. 우리 넷이 공평하게 나눠 가져요."

세철은 세 자루씩 나눴다.

"야, 우린 한 자루면 된다."

민철이 눈을 크게 뜨면서 꺼낸 연필 중에 한 자루만 받았다.

"형, 나도 세 자루면 한 일 년 써요."

세철은 고집을 부렸다.

"참 마음씨도 좋군. 보통 학생이면 한 자루도 안 내놓고 은근히 자랑만 할 텐데."

주인아줌마는 세철이 기특하다고 생각했다.

"이모님, 제가 이모님이 지어주시는 밥을 먹고 학교를 다니는데, 동생들도 제 동생이거든요. 제가 어떻게 좋은 연필을 혼자 쓸 수 있어요. 사실은 다 줘도 좋은데, 저도 국산 연필보다는 미제 연필이 좋아서요."

세철은 상대가 미안하지 않도록 말했다. 의대생들은 아직 들어오지 않았다. 이들은 늘 아홉 시가 넘어서야 들어와 식사했다.

"세철아, 너 내일 학교 가면 영웅이 될 거야. 그렇다고 너무 뽐내지 마라. 네 회화 실력이 대단하다고 아이들이 소곤대는 것을 들었어."

민철은 세철의 등을 툭 치면서 싱긋 웃었다.

세철은 고급 과자도 좀 남겨 가져올걸, 하고 후회했다.

2

토요일 저녁에 안드레 소령 내외가 미8군 영내에 있는 숙소로 세철을 초대했다. 좀 늦게 도착해보니 벌써 모두들 와 있었다. 지난번에 만났던 외국 선교사도 와 있었다. 그는 세철을 보더니 반가워했다.

안드레 소령이 남편 슈트라 중령과 같이 아기를 데리고 들어왔다. 세철은 사복을 입은 그들 부부가 낯설게 보였다.

"우리 공주야. 뽀미!"

안드레가 딸아이를 세철에게 보였다. 20개월이 넘었다는 계집애는 인형 같았다.

"유아 엉클!"

"마이 엉클!"

뽀미는 노란 눈을 말뚱거리면서 세철을 쳐다보더니 방긋 웃었다. 세철은 순간 깨물어주고 싶도록 아기가 귀여웠다.

"다들 이층에 있어."

안드레 소령이 세철을 안내해서 이층으로 올라갔다.

이층은 슈트라 중령의 서재였다. 두 벽이 책으로 차 있고, 응접 세트와 소파가 여러 개 놓여 있었다.

유원이 일어나 세철의 손을 잡고 제 곁에 앉혔다.

"학교 재미있니?"

규석은 세철의 근황이 궁금하던 참이었다.

"정신이 없어."

"그럴 거야, 다 다르니. 그래도 몇 달만 지나면 괜찮을 거야."

규석은 진정으로 세철을 안심시켰다.

세민은 동생이 다른 교복을 입고 유원, 규석과 어울려 있는 모습이 마음에 들었다. 벌써 서울 학생이 다 된 것 같았다.

"아이들은 괜찮지?"

정 선생은 걱정했다.

"애들이 나를 원숭이처럼 본다니까요. 제주에서도 축구를 하느냐고, 공을 차면 바다로 빠지냐고 야유도 하고."

세철은 이제 그런 말을 가볍게 할 수 있었다. 한 달 전만 해도 하지 못했을 것이다.

"탁구도 할 수 있다고 그러지?"

유원이 웃었다.

"그런데 안드레 소령이 찾아갔던 다음부터 네가 영웅이 되었다면서……."

규석도 그 학교에까지 이야기가 번졌는지 소문을 알고 있었다. 어느 날 미 여군 장교가 학교에 나타났는데, 제주에서 편입해 온 촌놈이 썩 나서더니…… 그러면서 다시 영어웅변대회니, 미국 유학이니, 하는 말들이 얼마큼 불거져서 나돌았다는 것이다.

"창피해서, 언제 때 일인데. 서울이나 제주나 미국 사람들 앞에선 왜 그렇게 주눅 들어 하는지 모르겠어. 미군 간호 장교와 몇 마디 주고받은 것이 뭐 그렇게 대단하다고, 미국 유학도 가고 싶지 않으면 안 가는 것인데……."

세철은 순간적으로 그 소문을 퍼뜨리는 서울 학생도 별 사람이 아니라는 것을 은근히 내세워 말했다. 세민은 그러한 동생의 어투가 대견했다. 그의 말속에는 규석이나 유원에 대한 야유도 뒤섞여 있었다.

세철은 서울 사람들도 미국 물건 엄청나게 좋아한다는 말을 할까 하다가 그만두었다. 규석이네 집에는 미국 물품이 많다는 것을 알고 있기 때문이다.

"누님, 미국 사람들도 불고기를 먹나요?"

세철은 양념 냄새가 진동하자 정 선생에게 물었다.

"사람들의 입맛은 비슷해. 처음엔 약간 다르지만……."

"그러고 보니 나도 할 일이 있는데……."

정 선생이 얼른 일어나자 유원도 따라 일어났다.

"아기 참 귀엽더라구. 꼭 인형이야!"

세철은 형을 쳐다보면서 웃었다. 그 웃음에는 형도 결혼해서 그런 아이 낳아봐, 이런 뜻이 담겨 있었다. 세민은 어색하게 웃었다. 세철은 형의 표정을 보면서 다른 생각을 했다. 고향집에 그 많은 제사는 어머니가 어떻게 치르고 계실까? 제관도 없다. 제주시에서 숙부님이 사촌들을 데리고 가실까? 매 제사마다 갈 수 있을까? 세철은 어머니가 놋그릇을 마당에 내놓고 볏짚에 재를 묻혀 닦는 것을 보며 집안에 제사가 가까워오는 것을 알았다. 그러고 나면 한밤중에 맷돌 소리가 들린다. 이제는 일손이 모자라니, 그 많은 제사를 어떻게 치르실까?

할아버지가 돌아가시고, 여러 해 동안 큰 제사를 지낼 때에도 며칠 전부터 친척들이 모여들어 음식 장만을 했다. 남자는 아무도 없는 집안이라, 일가 어른들이 모여 일을 치러주었다. 그러나 일이 끝난 후에 모두들 제집으로 돌아가면 집 안은 텅 비었다. 세철은 그 견디기 힘든 적막감을 기억하고 있다. 이제는 그 큰 시골집을 할머니와 어머니만이 쓸쓸히 지키고 있을 것이다. 세철은 주방에서 떠드는 소리 속에서 홀로 고향집을 생각했다.

식사시간이 되었다. 주방과 이어 붙은 너른 응접실 한쪽에 갖가지 음식들을 각각 큰 그릇에 담아서 늘어놓았다. 쟁반에 음식을 먹을 만큼 담아다가 식탁에서 식사를 한다.

"잠시 기도드리고 식사하겠습니다."

선교사는 안드레 소령의 가족을 위해, 여기 모인 모든 분들이 하나님의 은혜 가운데 살아가도록 주님이 인도해주십사고 기도했다.

기도가 끝나자 선교사가 맨 앞에, 그다음에는 정 원장 내외분이, 모두들 차례차례 음식을 담아가지고 자리로 왔다.

"처음에 조금씩 갖다 먹는 거야."

세민은 뒤에 서 있는 세철에게 귓속말로 말했다. 동생이 촌스럽게 처신할까 봐 걱정된 탓이다. 세철은 형의 말에 전혀 마음을 안 쓰는 척했으나 유원과 규석의 음식 쟁반을 보면서 그대로 했다.

모인 사람들은 식사를 하면서 쉬지 않고 즐거운 이야기를 나누었다.

선교사가 세철에게 서울로 전학 와서 불편하지 않느냐고 물었다. 세철은 학교생활을 설명했다.

"제가 지지난 주에 세철 군이 공부하는 학교를 찾아갔어요. 지나는 길에 들렀는데……."

안드레가 그날 학교를 찾아간 이야기를 꺼냈다. 세철의 얼굴이 빨개졌다.

"학교 학생들이 놀랐겠지요. 서울 아이들은 영어를 문법 위주로 공부해서 미국 사람들과 말을 잘 하지 못해요. 그런데 세철이가 안드레 소령님과 한바탕 소동을 벌이듯이 이야기를 했으니, 아마 그 이후에 누구도 그 학교에서 세철이를 얕보지 못할 겁니다."

규석이 안드레의 말에 덧붙였다. 세철은 그러한 이야기를 듣는 것이 거북했다.

식사를 마치고 모두들 돌아가게 되었다.

"세철은 잠시 있어. 부탁할 일이 있어."

모두들 현관을 나오는데 안드레가 세철을 불렀다. 다른 사람들은 승용차가 주차해 있는 곳으로 걸어갔다. 선교사와 정 원장이 차를 갖고 왔다. 세철은 어른들께 인사를 하고 다시 현관으로 들어왔다.

안드레는 큰 종이가방을 들고 나갈 채비를 하고 나왔다.

"전차 정거장까지 바래다줄게."

안드레는 종이가방을 세철에게 내밀면서 말했다.

"혼자서도 갈 수 있어요. 조금 걸으면 삼각진데요."

그래도 안드레는 서울역까지 태워주겠다면서 나섰다.

차가 서울역 건너편 후암동 입구에 멈췄다.

"그 안에 커피와 과자들이 있어. 주인아주머니 갖다드려."

지난번 것보다 봉투가 컸다.

"이거 우리 몫으로 나온 것을 모아두었다가 네게 선물하는 거야."

안드레는 혹시 세철의 자존심이 상할까 봐서 설명했다.

"감사합니다."

세철은 주는 대로 받겠다고 생각했다.

승용차가 떠나자 세철은 종이봉투를 들고 남대문 쪽으로 걸어가는데, 웬 중년 여자가 뒤따라왔다.

"학생 그 물건 우리에게 넘겨줘라."

세철은 못 들은 척했다. 물건을 받으면서 이것을 어떻게 처치할까 생각하던 중이었다. 혜화동 그 상점에 가져갈까? 그런데 이것을 들고 그곳까지 가기가 귀찮았다.

"학생, 내 많이 쳐줄 테니, 내게 넘겨줘."

여자가 세철의 앞을 막아서면서 졸랐다.

"얼마 주실래요?"

"여기로 와봐."

여자는 세철을 데리고 골목으로 들어섰다.

그녀는 골목 어귀에 좌판 장사를 하고 있었다. 넓은 돗자리에 종이가방에 든 물건을 털어놓았다. 껌과 커피와 양담배와 별별 과자들이 다 있었다. 그 물건을 보는 순간, 이것을 팔아서 용돈을 쓰도록 하라는 것이구나 생각했다.

그 순간 옥자 생각이 났다.

"이것들 중에 내가 필요로 하는 것을 좀 빼고."

그는 담배 세 보루 중에 한 보루와 껌을 세 통 빼냈다. 연필은 없었다. 여자는 주판을 놓고 몇 번이나 알을 튕겼다. 세철의 생각에도 지난번보다 많을 것 같았다.

"2000원 쳐주지?"

여자가 세철을 쳐다보았다. 세철은 고개를 저었다.

"얼마를 받을래?"

"아주머니가 잘 쳐준다고 해놓고는, 내가 갖다 파는 데가 있어요. 공연히 아주머니가 길을 막는 바람에 딱해서 같은 값이면 넘기려고 했던 건데……."

세철은 종이가방에 다시 물건을 담으려 했다.

"그러면 3000원?"

"담배가 두 보루, 커피가 두 통, 껌이 다섯 통, 그리고…… 나 아주머니에게 팔고 싶은 생각 없는데, 날 잘 사귀어놓으면 앞으로 계속 물품을 댈 수도 있고……."

세철은 아주머니가 물건을 사고 싶어 한다는 것을 알고는 느긋하게 나왔다.

"혹시 그 여자, 고급 간호장교 아니야?"

여자의 표정이 긴장되었다.

"어떻게 그리 잘 아세요?"

"간호장교 맞지. 그러면 의약품도 빼내올 수 있겠네?"

"아주머니 하는 것 봐서."

여자의 얼굴에 웃음이 스쳤다.

"나와 잘 사귀어보자. 내가 잘 쳐줄 테다. 3500원."

"4000원 주세요."

세철은 딱 부러지게 말했다.

"그 학생 보통내기가 아닌데……."

여자는 천 원짜리와 백 원짜리를 한 움큼 세철에게 내밀었다. 돈은 3800원이었다.

"학생 가진 것까지 다 내놓으면 5000원을 줄 텐데."

세철은 뒤도 안 돌아보고 여자 앞을 떠났다.

세철은 전차 정거장을 그냥 지나쳤다. 남대문 쪽으로 가서 옥자네 골목으로 들어가려다가 되돌아 나왔다. 골목 어귀에서 모자를 벗어 종이가방 안에 넣고, 배지를 떼어 호주머니에 넣었다. 이름표도 뜯어 안주머니에 넣었다.

"총각 쉬었다 가아!"

갑자기 웬 여자가 앞으로 다가와서 옷깃을 잡아당겼다.

"아니, 너로구나!"

옥자였다.

"잠깐 누나에게 줄 게 있어서 왔어. 이거 가지고 여기서 꺼져.

대낮부터……."

세철은 버럭 화를 내면서 양담배를 여자의 가슴에 안겨주었다.

"그냥 주는 거야?"

"어서 꺼지라니까. 제발 대낮에는 나오지 마."

"네가 내 서방이냐?"

"그래. 오늘은 그 담배 팔고 하루를 쉬어."

"왜 그래? 담뱃값 내가 낼게."

여자는 세철의 소매를 잡아끌었다.

"야, 그러지 마. 어서 꺼지라니까."

세철은 눈을 부라리면서 고함을 지르고는 달아나버렸다. 그는 골목을 나와 남대문 쪽으로 몇 걸음 가다가 뒤돌아봤다.

옥자가 양담배와 껌통을 껴안고 세철을 멍청히 쳐다보았다. 둘이 눈이 마주치자 세철은 화난 듯한 표정을 지으면서 도망치듯 달아났다.

3

세철은 시계를 보더니 책가방을 챙겼다. 토요일이라 형과 함께 정 원장 댁에서 저녁을 먹고 거기서 자기로 되어 있었다. 별로 마음이 내키지 않았다. 거기서 지내는 것이 불편했다. 정 원장 내외나 규석을 만나는 것도 그렇고, 정 선생과 부부처럼 지내는 형을 볼 때마다 형이 딴 식구처럼 생각되기도 했다.

도서관을 나오는데, 검도 도장에서 나오는 민철을 만났다.

"도서관에서 공부했어. 토요일에도?"

"오늘은 형네 집에 가는 날이에요."

"좋겠구나. 형님이 계셔서."

민철은 세민의 형편을 잘 알고 있다.

"그런데 형?"

세철은 대학입시가 코앞에 닥쳤는데, 여전히 검도장을 떠나지 않는 민철이 의아했다.

"왜 그래?"

"형은 검도에 미친 사람 같아."

불쑥 생각하지 않았던 말을 해버렸다.

"난 네가 공부에 미친 것 같아. 너무 학교 시험에 신경 쓰지 마. 이번 달에는 전교 20등에 들었다면서. 학급에서는 3등이고……."

오늘 10월 월말고사 성적이 나왔다. 민철은 미리 세철의 성적에 마음을 쓰고 있었다. 지난달보다 너무 좋아져서 놀랐다. 그런데 세철은 별로 기쁘지도 않았다. 서울 학생들도 별 사람들이 아니라는 것을 확인하고 보니, 그동안 너무 성적에 매달려 지냈던 자신이 옹졸하게 생각됐다. 나도 언제면 민철처럼 성적에 대범할 수 있을까. 그가 부러웠다.

"세철이는 나 닮지 마라. 공부할 사람은 공부를 해야 한다. 네 주위에는 공부만 하는 사람들이 많으니, 너도 공부할 수밖에 없지 않겠니. 나는 원래 공부에 머리 싸매고 할 그릇이 못 된다."

"그런데 왜 하필 검도야?"

세철은 그 점이 의아했다. 이 학교는 축구로 유명하다.

"아버님이 검도를 하셨어. 이 검도복과 목도도 다 아버님 것이지."

전쟁 때에 행방불명이 된 민철의 아버지는 일본 유학 시절에 대학 검도부 주요 멤버였고, 전 일본대회에 출전해서 메달도 땄다는 이야기를 들은 적이 있었다.

"교장선생님과 대학 동창이라, 두 분이 모두 검도부원이었는데, 그때는 아마 일본 사람들에 대한 적개심을 검도로 풀려고 했을 거야. 교장선생님이 나보고 검도를 하라고 하시는데, 내가 안 할 수 없지."

세철은 그 말이 변명으로 들렸다.

"형은 효자예요."

세철은 수돗가로 걸어가는 민철의 등에 대고 혼잣말처럼 중얼거렸다. 그 말을 들은 민철이 뒤돌아보고 빙긋 웃었다. 아버지 친구의 권유로, 아버지가 하는 운동을 이어받아서 한다. 나는 무엇을 아버지로부터 이어받았는가? 민철의 어머니는 저런 아들을 보면서 얼마나 흐뭇하실까? 순간 어머니 생각에 가슴이 아렸다. 고향을 생각할 때마다 할머니와 어머니의 모습이 떠오르곤 했다. 어머니는 나에게서 무엇을 보고, 돌아가신 아버지 모습을 되살리실까?

교문을 막 나서는데, 세철이네 학급 실장인 강순창이 잰걸음으로 다가왔다.

"왜 아직껏 학교에 남아 있어?"

"오늘 학도호국단 간부회 날이다."

그제야 순창이 학도호국단 부위원장이라는 것을 알았다.

"세철이도 전학 오지 않았으면 학교에서 큰 책임 맡았을 텐데."

그 말에 세철은 씩 웃기만 했다.

"순창이, 넌 대단하다. 공부도 잘하고 학도호국단 일까지 맡았으니……."

"학교 일인데 안 할 수 있니? 그리고 말이다, 민철이 형네 집에서 하숙한다면서?"

아마 좀 전에 민철과 이야기를 나누는 것을 본 모양이다. 세철은 대수롭지 않게 생각하고는 고개를 끄덕였다.

"너 민철 형에 대해 알아?"

"무얼?"

"모르는구나. 형이 우리 학교에서 어깨 대장이다. 그렇다고 깡패는 아니고, 아주 건전해. 그래서 우리 학교에는 깡패가 없어. 너 이상하게 생각하지 않았니? 언제부터인가 너를 놀리는 학생들이 없어진 것이."

순창의 말을 듣고 보니 그렇다. 제주에서 왔다니까, 별별 말을 하면서 놀리더니, 어느 날부터인가 그런 일이 없어졌다. 그뿐이 아니다. 첫 월례고사 발표가 있던 날, 몇몇 학생이 눈을 흘기면서 "촌놈이 아주 출세를 하려는구나" 하고 시비를 걸려고 했는데, 그들도 이제는 잘 대해주었다.

"네가 민철 형네 집에서 하숙한다는 소문이 우리 반만이 아니라 전 학년에 퍼졌어. 그 형은 지난 학기까지 기율부장이었어. 신사 기율부장이야. 그 형이 기율부장이 되면서 학교 안 깡패가 싹 없어졌지. 학급별로 결의를 했어. 추진력이 대단해. 교장선생님도 인정하셔. 그렇다고 힘센 자랑 누구에게도 안 하고. 아마 네게도 그런 말 안 했겠지."

세철은 그 말을 듣는 순간 가슴이 철렁 내려앉았다. 보통 학생 같았으면 학교 안에서 제 존재를 자랑스럽게 말했을 것이다. 본인이 아니더라도 그 어머니라도 아들을 자랑처럼 말했을 것이다. 참, 이상한 사람들이구나. 그래, 10월이 들어서면서 아이들의 야유가 사라졌고 오히려 친절했다.

"네가 집에 가서 아이들이 야유한다고 말하지는 않았을 테지."

"창피하게 뭘 그런 말을 해. 제주에서 왔으니 아이들이 호기심으로 그런 말을 할 수도 있지 않겠어?"

"너도 별종이다. 그리고 넌 정말 대단한 놈이다. 한 달 사이에 그렇게 성적이 오를 수 있냐?"

그 말에는 세철은 얼굴이 따가웠다.

"난 멀었다. 그저 섬에서 서울까지 유학을 왔으니 하는 척해보는 거야."

둘은 전차 정거장까지 걸어가면서 이야기를 계속했다.

순창과 헤어져 정 내과로 가는 길로 접어들었다. 삼청동으로 올라가는 길에서 오른편으로 빠져서 들어가는데, 앞에 유원과 규석이 함께 걸어가는 뒷모습이 보였다. '유원아!'하고 부르려던 세철은 걸음을 멈추고 길가 담벼락에 붙어 섰다. 이상하게 가슴이 울렁거렸다. 왜 이러는지 모르겠다.

한참이나 담벼락에 붙어 있다가 그들 뒷모습이 보이지 않자 걸어갔다.

병원 건물 앞에 서서 어디로 먼저 들어갈까 생각해보았다. 토요일이니 원장님이 서재에 계시겠지. 세철은 이 집에 올 때마다 정원장 내외에게 먼저 인사를 드렸다. 장차 사돈이 될 어른들이라 몸가짐을 신중히 하도록 형으로부터 주의를 받았다. 세철은 안채로 들어가다가 되돌아서 병원 이층으로 올라갔다. 이층 한쪽 끝에 정 원장 서재가 있다. 세철은 그 앞에서 숨을 몰아쉬고 잠시 긴장을 풀었다. 이 병원에 들어오면 늘 긴장이 되었다.

원장실 문을 조심스럽게 노크했다. 안에서 말소리가 들렸다.

"어서 들어와요."

세철이 방으로 들어서자 사복을 입은 슈트라 중령과 정 원장이 이야기를 하다가 중단했다.

"안녕하셨습니까?"

세철은 공손히 인사했다. 슈트라 중령도 세철이 의외라는 듯이 반가워했다.

"주말에 우리 집에서 저녁을 같이해요."

정 원장이 영어로 말했다.

"지난번에 초대해주셔서 감사합니다."

세철도 영어로 인사했다.

"참, 그렇군."

정 원장은 그제야 둘 사이를 이해했다.

세철이 인사를 마치고 나와 일층으로 내려가는 계단에 들어서는데, 사무장이 미군용 박스를 직접 어깨에 둘러메고 올라오다가 멈칫했다.

"제가 좀 도와드릴까요?"

세철은 무심히 말했다.

"아니, 괜찮아."

사무장은 어깨에 얹혀 있는 박스를 조심스럽게 두 손으로 잡고서 걸어갔다. 세철은 박스 위 영문자들을 보고는 약품상자라는 것을 알았다. 순간 정 내과가 미군 병원으로부터 미제 약품을 구해다 쓰는구나 생각했다.

정 내과는 의원이지만 시내에서도 소문이 나 있었다. 혹시 미군으로부터 좋은 의약품을 공급받을 수 있어서 그런가 보다 했다.

세철이 아래층으로 내려와서 뒷마당으로 들어섰다.

"세철이 왔구나. 어서 와라."

앞치마를 두른 정 선생이 반겼다.

"원장님께 인사드리고 오는 길입니다."

"그래. 착하다. 언니가 주방에 계시다."

세철은 정 선생을 따라 주방으로 건너가서 정 원장 부인께도 인사를 드렸다.

"와줘서 고마워. 공부는 재미있지. 규석이도 좀 전에 유원이랑 들어왔다. 올라가 보렴."

부인은 늘 세철에게 상냥하게 잘 대해줬다. 정 선생이 이층을 가리키면서 올라가 보라고 손짓했다.

"왔어!"

마침 이층 계단에서 내려오던 유원이 방긋이 웃으면서 반겼다.

"오랜만이다. 잘 지냈니."

"유원아, 넌 주방에 오지 말고 세철이와 말벗해라. 형님 방에 들어가서……."

정 선생은 세철이 규석의 방에 들어가고 싶어 하지 않는다는 것을 알고 있었다.

"알았어요."

정 선생이 앞장서 올라와 세민의 방문을 열고 둘을 쳐다보았다.

단둘이 방에 마주 앉아 있는 것도 오랜만이다. 세철은 유원의 앞에서는 전혀 다른 자신의 모습이 된다는 사실이 이상했다. 지금도 기분이 이상하다. 가슴이 조금씩 흔들리는 것 같다. 왜 아까는 유원을 피해서 길가 담벼락에 붙어 섰었지?

"오늘은 특별히 나까지 초대한다고 해서 아까 규석이와 밖에서 만나서 같이 왔다. 걔네 학교와 우리 학교가 이웃이거든."

유원은 세철이 다 알고 있는 사실을 말했다. 그런데 세철은 유원이 숨기지 않고 말하는 바람에 자신이 너무 옹색하다고 생각했다.

"어디서 만났니?"

"어제 저녁에 전화로 광화문 전차 정거장에서 만나 같이 오기로 약속했어. 혹시 우리 오는 거 뒤에서 못 봤니?"

세철은 고개를 흔들었다. 마치 모든 것을 알고 있으면서 일부러

물어보는 것 같았다.

"참, 유원이가 와버리면 동생들 저녁은 어떡허고?"

말이 약간 퉁명스러워졌다. 유원은 눈을 똥그랗게 뜨고 세철을 쳐다보았다.

"아주머니가 식사를 차려줘. 난 밥 할 줄 몰라."

그러고는 배시시 웃었다.

"여자가 밥 할 줄도 모르고. 시집가서도 식모 데리고 살 생각이구나."

세철의 말에 유원이 손으로 입을 가리면서 웃었다.

"시집가게 되면 밥 지을 줄 알게 될 거야."

"벌써 시집갈 생각을 하냐?"

세철은 화난 것처럼 말했다.

"그래. 해야지. 세철도 장가를 빨리 가야 하지 않겠어? 집에 어른들이 계시니."

"야, 무슨 말이니? 우리가 지금 소꿉놀이하는 거냐?"

세철은 생각해보니 주고받은 말이 우스웠다.

"참, 소꿉놀이하는 것 같구나. 시집 장가갈 이야기를 하니."

유원은 계속 웃었다.

"너 혹시 오늘 학교에서 안 좋은 일 있었던 거 아냐?"

유원은 세철의 표정이 굳어지고 말투도 거칠어진 것이 이상했다.

"월말고사 성적이 나왔니? 아니면 예전처럼 놀리는 아이들이 있어서 그래?"

"안 좋은 일은? 명세철에게는 매일 매일 좋은 일만 터진다."

세철은 월말고사 이야기와 순창이로부터 들은 민철의 이야기를 했다.

"좋은 일이구나. 너 그렇게 성적이 쑥쑥 올라가면 학급 아이들로부터 질투 받는다. 너 그거 못 참지 않니?"

"질투하지 않을 거야. 난 아주 튼튼한 백이 있거든. 민철이 형이 있는 한은 끄떡없어."

"민철 오빠는 대단해. 우리 학교 여학생들에게도 인기야. 얼마나 미남이니, 그리고 아주 남자답고."

"그래? 난 사람 복은 타고난 모양이다. 그런 형네 집에서 하숙을 하게 되었으니."

"네가 착해서 그래. 착한 사람은 착한 사람을 만나게 되어 있어."

"착하다고? 그런 말 다른 사람들에게 하지 마. 쥐구멍을 찾아야 겠다."

세철의 표정이 갑자기 어두워지더니 이마에 상을 찡그렸다.

유원은 그런 세철의 모습이 우스웠다. 너무 순진해서 그렇다.

"세철은 앞으로 세상 사람들과 상대하노라면 상처를 받을 일이 많을 거야. 단단히 마음을 먹어야 해."

"내가 상처를? 내가 얼마나 모진지 유원이는 몰라. 난 오히려 네가 걱정이다."

"모진 마음?"

유원은 훗훗 웃다가 정색했다. 모진 마음? 모진 마음? 입 안에서 몇 번이나 되뇌어봤다.

"학교에 마음을 붙일 수 있고, 친구들도 생겼다니 다행이다. 네가 학교생활에 적응하느라 마음고생이 많을까봐 걱정했어."

유원의 말에 세철의 눈길이 팽팽해졌다. 가슴이 섬뜩했으나 내색하지 않았다.

"사람 살아가는 것이 다 그러한데, 서울에 와서 일찌감치 배우게 되어서 다행이다."

잠시 둘은 각각 서로의 마음을 생각했다.

"이 병원이 서울에서는 소문난 병원이라는데?"

"그래. 원장 선생님 실력이 대단하지 않니?"

"그래?"

세철은 미제 약 때문이 아니냐고 물으려다가 그만두었다.

"내일은 교회에서 예배드리고 나서 보육원으로 간다는 거 알고 있지?"

세철도 알고 있다. 한 달에 한 번, 주일에 병원 식구들이 규석의 어머니가 원장으로 있는 샬롬의 집을 찾아가서 원생들과 식사를 같이하며 어울리는 시간을 갖는다고 들었다.

"유원이도 가니?"

"가야지. 예전 우리 집이었는데."

그때 밖에서 인기척이 났다. 유원이 일어나 문을 열었다. 세민이 문 밖에서 동생과 유원이가 단둘이 있는 것을 보고서 빙긋이 웃었다.

"너희 둘이서 내 방에서 데이트했구나. 방값을 내야지."

세민은 동생의 표정부터 살피면서 유원에게 말했다.

"얼마 드리죠? 정 선생님께 여쭤보셔야지요?"

"그렇게 하려무나."

"오빠, 세철에게 좋은 소식이 많네요. 이번에……."

유원은 재빨리 세철의 이야기를 꺼내었다.

"그래? 유원이가 기도 많이 했구나. 우리 동생을 위해서."

그 말에 유원의 얼굴이 빨개졌다. 그 모습을 세철은 놓치지 않았다. 가슴이 더욱 격렬하게 울렁거렸다. 얼굴이 빨개지는 것을 보면 틀림없이 기도한 것이다. 순간 세철과 유원의 눈이 마주쳤다.

"애들이 왜 이리 심각하냐? 유원이가 널 위해 기도했다는 말에 감격했구나. 그러니 너도 유원이를 위해 기도해라. 알았어?"

세민은 동생이 유원에 대해 갖고 있는 감정을 잘 알고 있었다.

"알았어요. 사실 저는……."

유원을 위해 기도하지 않았다고 말하려 했다.

세민은 동생의 마음을 곧 알았다.

'저놈은 제 마음을 숨기지 못해, 쯧쯧……'

속으로만 생각했다.

"어서들 나와요."

정 선생의 맑은 목소리에 셋은 얼른 방에서 나왔다. 세철은 발갛게 상기된 유원의 뺨에서 눈을 떼지 못했다.

저녁 식사 자리에는 슈트라 중령이 참여했다. 슈트라 중령은 내일 보육원 봉사에 안드레 소령도 같이 온다고 했다. 오늘은 다른 일이 있어서 함께 오지 못해서 섭섭하다고 말했다.

정 선생은 세철의 소식을 여러분에게 알렸다. 이달부터 보육원 봉사를 하게 되었으며, 그동안 학교생활이 약간 불편했는데 잘 적응하고 있고, 이번 월말고사에서도 좋은 성적을 얻었다고 보고하듯이 말했다. 모든 시선이 세철에게 쏠렸다. 세철은 부끄러워서 쩔쩔매었다. 이 집에서는 규석과 유원이 학교에서 공부라 하면 남에게 뒤떨어지지 않아서 세철의 성적 정도는 관심이 없다는 것을 알고 있기에 부끄러웠다. 왜 그런 말을 하는지 정 선생 마음도 아리송했다.

"그거, 참 축하할 일이다. 지방에서 전학 와서 서울 아이들과 경쟁한다는 것이 어려웠을 텐데, 열심히 공부했구나."

정 원장이 세철을 칭찬하는 말을 덧붙였다.

식사를 하면서 모두 즐거운 이야기를 많이 했다. 세민은 그동안 학교 공부에 대해서 이야기했고, 정 선생은 학교 합창단을 다시 시작해서 남학생들의 호응을 받고 있다고 전했다. 규석은 이번 가을에 학교 교지를 만드는데 그 편집 책임을 맡았다고 했다. 유원은 동생들이 잘 있고, 고모가 집안일을 잘 살펴줘서 공부하는 데 지장이 없다고 했다.

"우리가 한 달에 한 번씩 이렇게 같이 식사하고, 그간에 있었던 일들을 이야기하고, 또 내일은 예배 후에 샬롬의 집으로 가서 그곳 식구들과 지내는데, 이번에는 특별히 슈트라 중령 부부께서 함께 가시겠다고 해서 정말 기쁩니다."

정 원장은 식사를 끝내고 차를 마시면서 내일 일에 대해서 설명했다.

세철은 샬롬의 집 방문이 처음이었다.

이야기가 끝없이 이어졌다. 이러한 분위기가 세철에게는 낯설었지만 이야기를 듣다보니 서로 사정을 털어놓고 이야기하고 듣는 것이 좋았다.

유원이 집으로 돌아가겠다고 일어났다. 규석이 데려다준다고 했지만 사양했다.

"뭐, 얼마나 먼 거리라고, 혼자 갈 수 있어."

세철은 자기가 데려다주겠다고 하려다가 참았다.

규석과 정 선생이 유원을 배웅하기 위해 나가자, 세민은 동생을 데리고 방으로 들어왔다.

"학교에 잘 적응한다니 다행이다. 세상일은 시간이 다 해결해준다."

"이 집에 오면 사람 사는 것 같아. 우리 집은 너무 조용해서……."

세철은 다시 고향 생각이 났다. 지금쯤 어두운 마당을 내다보는 할머니와 어머니 모습이 떠올랐다. 늘 마당 건너 올레를 바라보면서 사람을 기다리는 할머니, 그러한 내색은 하지 않을 어머니 얼굴이 떠오르자 세철은 울음이 목구멍으로 치밀어 올랐다.

방 안이 조용했다. 세민은 동생의 마음을 읽었다.

"세철아, 너무 집 생각 하지 마라. 형이 여기서 공부하고 고향으로 돌아가 병원을 개업할 거야. 그때에는 어머니와 할머니를 잘 모실게. 그동안 어른들 마음을 너무 아프게 했으니."

세철은 그 말이 환청인가 했다. 자신이 원하는 생각이 말이 되어 들리는 것으로 생각했다. 세철은 형을 쳐다봤다.

"왜 그런 눈으로 봐. 내 말이 거짓말이라고 생각하니? 정 선생과도 다 의논이 된 일이다. 물론 여기에서 전문의가 되고, 다시 병원에서 공부를 더 하려면 시간이 좀 걸리겠지만, 너는 그 문제에 대해 걱정하지 마. 집안일 때문에, 형이 할 일을 해야겠다는 의무감 때문에 네 인생에 지장이 있어서는 안 된다고 생각한다. 사람은 각자가 제 일을 갖고 세상을 살아가는 것이다. 그러니 집안일에 너무 마음 쓰지 마라. 그렇게 되면 마음이 약해질 수도 있어."

세철은 형의 말이 의외였다.

"형, 정말이야. 누님이 따라가 줄까? 난 누님을 보면 너무 미안하고, 고맙고. 그런데 그 섬으로 내려가 형과 함께 일생을 산다면 형이 너무 잔인한 거 아니야?"

"잔인?"

그 말에 세민은 머리를 한 대 얻어맞은 것처럼 충격을 받았다. 정말 여자에게 잔인한 일인가? 동생이 그런 생각까지 하는구나. 더구나 정 선생에 대해서 그런 마음을 갖고 있는 동생이 고맙고 기특했다.

마침 정 선생이 들어왔다.

"왜들 이래요? 분위기가……."

그녀는 형제 사이에 심상치 않은 이야기가 오갔다는 것을 알았다.

"저는 누님만 보면 눈물이 나요."

"그건 무슨 말이야?"

세철의 목소리가 떨리면서 표정이 어둑해졌다.

"천사 같아서 누님만 보면 저절로 눈물이 나와요."

세철의 진심이었다.

"내가 고향으로 내려가서 개업을 하겠다니 그러는 거요."

세민이 설명을 덧붙였다.

"그거야 당연한 일이지. 내가 제주에 내려가자고 졸랐어. 아름다운 땅에서 착한 사람들을 상대로 병을 고치고, 나는 교회에 나가서 주님을 찬양하고……."

정 선생의 말이 자연스럽게 이어졌다.

"형님은 너무 욕심쟁이에요. 누님, 형님 말 그대로 따르지 마세요. 제가 고향에 내려가서 어른들을 모시고 살겠어요. 형님은 서울에서 더 공부를 해야지요. 의사가 젊어서 시골로 내려가면 공부하기 다 틀려요."

그 말도 진심이었다. 형이 의사가 되겠다면 큰 의사가 되었으면 싶었다. 정 원장의 도움을 받으면 더 많은 공부를 할 수 있을 것이다.

"형은 사람의 몸을 치료하는 의사가 되고, 세철은 사람의 마음을 치료하는 의사가 되어야지. 내가 형을 따라가는 것이 아니고, 내 성화에 형이 따라가는 거야. 세철은 명심해. 사람의 마음을 치료하는 의사가 되겠다면 형님의 뒤를 밀어주겠어. 열심히 공부하고, 안드레 소령님과도 의논했어. 세철이가 미국으로 건너가서 공부할 수 있는 기회를 만들어달라고."

그 말에 세철은 놀랐다.

"사람의 마음을 치료하는 의사라고요? 저는 자신이 없어요. 제 자신의 마음도 제대로 추스르지 못하는 주제인데…….”

세철은 자신의 혼란스러운 마음을 잘 안다. 그것 때문에 고민하고, 자신을 하찮게 생각했던 때가 많았다.

“그거야. 자신의 마음을 마음대로 할 수 없다고 생각하는 그것이 마음을 치료할 수 있는 의사가 될 수 있는 자질을 가졌다는 증거야. 사람은 다 그래. 모두 부족하고, 자기 마음도 제대로 다스릴 수 없으니, 더욱 마음을 치료하는 의사가 필요하지 않겠니?”

그 말에 세철은 좀 마음이 놓였다.

“누님, 저는 누님이 생각하듯이 그렇게 착한 아이가 아니에요. 형님이 절 잘 아세요.”

세철은 마음을 치료하는 의사가 성직자라는 것을 알고는 그러한 기대를 갖는 주위 사람들이 고마우면서도 감당할 자신이 없어 불안했다. 벌써 그 말을 들을 때에 옥자와의 관계를 생각했고, 유원의 말 때문에 고민하는 자신의 모습이 떠올랐던 것이다.

“내가 세철이 잘 알지. 너무 착하고 순수해서 그러는 거야. 그러한 연약한 듯한 마음이 필요해. 형님은 너무 이지적이지만, 세철은 이지적이면서 감성이 풍부해. 사람을 이해할 수 있는 넓은 마음을 갖고 있어. 안 그래요?”

세민은 정 선생의 말에 고개를 끄덕였다. 동생에 대한 정 선생의 기대와 배려도 고마웠다.

"인생길은 차차 생각해도 된다. 오늘 저녁, 세철은 형의 앞일과 너에 대한 주위 사람들의 기대를 알았으니, 그것을 마음에 두고 살아라. 작은 일에 너무 마음 쓰지 말고……."

세민은 동생이 기특했다. 서울에 와서 잘 적응해나가는 것을 보면서 자기가 형으로서 너무 무심했다는 생각도 했다.

"오늘 새로운 모습으로 나타난 세철을 보니 마음이 즐겁다. 그럼 내일 아침에 만나."

정 선생이 세철의 손을 잡고 흔들면서 얼굴 가득 미소를 지었다.

"안녕히 주무세요. 누우우~님!"

세철은 눈물이 나올 것 같아 뒷말이 흔들렸다.

정 선생의 방은 아래층에 있다. 그녀를 배웅하고 돌아온 세민은 그동안 너무나 어른이 돼버린 동생을 보면서 마음이 흐뭇했다.

4

세철은 2부 예배에 참여하기 위해 예배당 뒤쪽 자리에 앉아 있는데, 유원이가 살그머니 옆에 와 앉았다.

"왜 고등부 예배를 드리지 않고?"

"세철이와 함께 예배를 드리고 싶어서."

"벌써 어른이 된 거야?"

세철은 농담이 절로 나왔다. 유원의 마음이 오늘 따라 유다르다는 것을 알았다.

정 내과 식구들은 거의 한성교회 교인이다. 2부 예배 찬양대에는 정 내과 식구들이 많다. 정 원장네 내외와 세민과 정 선생도 찬양대원이다. 정 선생은 고등학교에 전임교사가 되기 전까지는 찬양대 반주를 맡았다. 규석은 고등부 학생회장이고, 유원은 부회장이어서 고등부 예배를 따로 드렸다. 세철은 규석이가 고등부에 들어오라고 해도 어른들과 같이 2부 예배를 드렸다.

예배 후에 정 내과 식구들이 후암동 언덕배기에 있는 '샬롬의 집'으로 향했다. 후암동 중턱에 있는 샬롬의 집은 고아원으로서는 규모가 꽤 갖추어져 있었다. 제주 시절에 천막보육원과는 달랐다.

병원 식구들이 도착하자 샬롬의 집 아이들이 나와 손을 흔들면서 환영했다. 모두들 밝은 얼굴들이다.

정 원장 내외는 모여 있는 아이들 한 사람 한 사람 손을 잡아주면서 격려했다. 병원 식구들은 식당으로 들어가서 점심을 준비했다. 세민과 정 선생도 함께 했다. 세철은 유원과 규석과 함께 식사 자리를 정리했다. 이 건물은 여러 목적으로 쓰이고 있었다. 식당으로도 쓰고 예배실로도 쓰고, 또 학교에 다녀온 학생들의 공부방으로도 썼다. 콘셋인데도 내부를 판자로 처리해서 탄탄하고 더위나

추위에도 견딜 만했다.

미군 스리쿼터가 도착했다. 아이들이 소리를 지르면서 환영했다. 뒤따라온 지프차에서 슈트라 중령과 안드레 소령이 내렸다. 둘은 모여 있는 원생들 곁으로 가서 두 손을 흔들면서 반갑게 인사했다. 정 원장 내외도 반겼다. 세철은 안드레 소령을 보았으나 인사하지 못했다.

스리쿼터에서 물건들을 내렸다. 건장한 청년이 고등학생 넷을 데리고 와서 물건들을 어깨 위에 짊어지고 식당 본관 건물 옆에 있는 창고로 가져갔다. 세철도 보고만 있을 수 없어서 상자 하나를 메고 그 뒤를 따랐다.

"일할 사람들 많아."

규석이 뒤에서 말했으나 세철은 같이하고 싶었다.

창고 안에는 두 사람이 있었다. 한 사람은 병원 사무장이었고, 다른 한 사람은 낯선 청년이었다. 둘은 박스에 쓰인 영어로 그 내용물을 확인하고 사무장은 장부책에 적었다. 세철은 두 번째 상자를 메고 들어갔다. 창고에는 상자들이 많이 쌓여 있었다.

"야, 너 혹시 세철이 아냐?"

사무장과 이야기하던 청년이 아까부터 세철에게 관심을 두었는데, 이제야 알았다는 듯이 말했다.

"그런데요?"

"나, 몰라? 배경식이야. 제주보육원에서 그때 넌 중학생 깡패였지."

세철은 그제야 생각이 났다. 당시 고1이었던 그는 고등학생 보육원 깡패로 이름을 날렸다.

"야, 이거 이렇게 만나는구나!"

사무장은 둘이 좋아하는 모습을 보면서 고개를 갸웃거렸다.

"그래. 언젠가 규석이가 말하더라. 네가 서울로 전학왔다고."

경식은 창고 문을 잠그고 식당으로 가면서 계속 지껄였다.

"난, 원장님 덕분에 고등학교 졸업 후에 여기 일을 봐드리면서 야간대학을 다니고 있다. 한국이 좁기는 좁구나. 너를 여기서 만나다니. 너 이제는 아주 얌전둥이가 되었네."

그는 세철의 손을 꼭 잡고 식당으로 들어갔다. 배식대에서 식사를 받고 자리로 가서 식사를 하도록 되어 있었다.

"세민이 형, 아니 동생이 서울 왔는데 제게는 왜 안 알려주셨죠?"

배식을 받으러 줄서 있던 경식은 앞에 서 있는 세민에게 따지듯이 말했다.

"자네가 세철을 알고 있었나? 친구는 아닐 텐데."

"형님도, 세철이가 제 동생처럼 지냈던 거 모르세요? 제주에서 세철은 중학생으로 나는 고등학생으로 제주읍을 휩쓸고 다녔는데……."

세민은 그 말에 당황했다.

"어허, 자네 아무리 반가와도, 좀 조용히 해."

배식을 받고 식사 자리로 가던 사무장이 나서서 그의 말을 막았다. 경식은 쑥스러운지 싱긋이 웃고는 배식대로 가버렸다.

"여기 와요. 내가 식사 갖고 왔어."

정 선생이 세철을 손짓해 부르더니 옆에 앉혔다. 그 옆에는 유원과 규석도 앉아 있었다. 세민은 정 원장 옆에서 슈트라 부부와 같이 식사했다.

"세철아, 경식이 형 잘 아는 사이였어?"

규석이 물었다.

"아니, 그냥 조금 아는 처지지. 워낙 나이 차도 나고, 그때에는 우리야 어린애 취급당하지 않았나?"

"하긴 그렇지. 그런데 저 형 좀 허풍이 세다. 그 말 곧이 믿지 마."

"알았어. 내가 뭐 상관할 일이 있을까?"

경식에 대한 이야기는 그 정도로 끝났다.

식사 후에 남자들은 주방으로 들어가 설거지를 했고, 여자들은 초등학생 아이들과 어울렸다. 샬롬의 집에는 중고등학교 학생이 40여 명 되고, 초등학생이 60여 명 된다. 제주에서 함께 살았던 아이들은 대부분 수복 후에 부모나 인척을 찾아 떠났고, 그렇지 못한 아이들만 남았다. 정 원장은 부모를 잃은 아이들의 인척을 찾아 그들의 뒤를 돌봐주는 일도 하고 있었다. 어른들이 세상을 떠나 고아가 된 아이들의 재산을 지켜주는 일도 했다. 그 대표적인 경우가 유원이다. 친척은 찾았으나, 그들은 고아가 된 친척 아이들을 돌봐주기는커녕 오히려 그 재산을 탐내는 경우도 있어서 문제가 복잡했다.

세철은 주방으로 가 설거지를 했다. 그러고 나서 안드레와 인사를 나누었다. 소령은 매우 즐거워하며 다시 집으로 초대하겠다고 했다. 순간 세철은 그녀가 준 양담배랑 다른 미제 물건들을 서울역에서 팔았던 일이며, 옥자를 만났던 일이 떠올라 부끄럽고 미안했다.

식사 후에 예배를 드렸고, 예배가 끝나자 슈트라가 원아들에게 인사를 했다.

"슈트라 중령 내외분이 여러분에게 좋은 선물을 갖고 왔어요."

정 원장의 소개말이 끝나자 사무장과 경식이 아이들을 데리고 창고로 가서 물건 상자들을 가져왔다. 중고생들에게는 학용품을, 초등학생에게는 과자를 나누어주었다.

모두들 좋아하면서 슈트라 부부에게 박수로 고마운 마음을 전했다.

정 선생이 나서서 원아들 모두가 참여하는 합창을 지휘했다. 유원이 오르간 반주를 했고, 규석과 세민은 합창단원이 되어 함께 노래를 불렀다. 정 선생은 토요일 오후에는 이 집에 들러서 원아들에게 합창 지도를 하고 있었다.

모든 순서가 끝났다. 안드레가 세철을 찾았다.

둘이 따로 만나서 그간에 있었던 일을 나누었다. 세철은 학교생활에 잘 적응하고 있으며, 서울 생활이 아주 즐겁다고 했다. 안드레도 그 말을 듣고는 안심했다.

"언제 우리 집에 와서 우리 꼬마에게 한국어를 좀 가르쳐줘."

이제 두 돌이 갓 넘은 아이에게 한글을 가르쳐주라니 세철은 엉뚱하다고 생각했다.

"집 안에서 생활하면서 만나는 물건에 대해 필요한 단어를 가르쳐주면 돼. 그저 우리 꼬마와 즐겁게 놀아주면 된다."

진정으로 부탁했다.

"알았어요. 토요일 오후나 주일날 오후에 가서 놀아주지요. 헌데 그 공주가 날 좋아할지 걱정이네요."

"좋아할 거야. 제 엄마와 아빠 닮아서 한국 사람을 좋아해."

그 말에 모두들 웃었다. 미국 사람들이 한국을 좋아한다는 것도 특별하다. 한국 사람들은 코가 크고 눈이 노란 그들을 별로 좋아하지 않는다는 생각이 떠올랐다.

"세철아! 다시 만나자. 연락할게."

일행이 샬롬의 집 마당을 나설 때에 경식이 세철의 손을 잡으며 말했다. 그 모습을 보던 사람들은 세철의 표정을 살폈다. 정말 제주에서 둘이 가깝게 지냈는지 의아해했다.

세철은 경식이 자기를 만나 그렇게 반가워하는 모습도 의외였
고 왜 그런지 궁금하기도 했다.

5

세철은 마당으로 들어서는 중년 여인이 누구인지 몰랐다.

"왜 그렇게 뚫어져라 쳐다보나? 내 얼굴에 뭔가 묻었어?"

아주머니는 웃으면서 툇마루로 올라섰다.

"전 누구신가 했어요. 너무 아름다우셔서."

생각지도 않은 말이 입에서 튀어나왔다. 이 집에서 지낸 지 석
달이 넘었는데도 이런 아주머니 모습은 처음이었다. 양장 투피스
차림을 한 것도 의외였다. 항상 하숙생을 치느라 그저 부엌과 시
장을 오가면서 살아가는 부인이 양장을 하고 파라솔까지 들고서
나들이를 하고 돌아왔으니 전혀 딴 사람으로 보였다.

"내 모습이 어때? 새로 시집을 가도 되겠지."

명랑하게 말하는 품도 전혀 다른 사람이었다. 언제나 말이 없으
시고, 말을 해도 농담 한마디 하는 적이 없었다. 그래서 하숙생들
도 어려워했다. 그러나 하숙생들을 자식과 다름없이 대해주었다.
식사만이 아니라 모든 처신이 제 자식 남의 자식을 가리지 않았다.

"왜 오늘 정 원장 댁에 가는 날 아냐?"

"예배만 드리고 왔어요. 제집이 편해서요."

세철은 주인아주머니에게서 이따금 어머니 모습을 보곤 했다.

"하숙집이 편해?"

주인아주머니는 툇마루에 걸터앉더니 의아한 눈길로 세철을 쳐다보았다.

"오늘 아이들을 큰집으로 보냈다. 할머니 제사여서 내가 가야하는데, 어쩐지 가고 싶지 않아서 하숙생 핑계대고 안 갔다. 그리고 바람난 여편네 모양으로 한 바퀴 돌고 왔지."

"동창회에 다녀오셨어요?"

"어떻게 그리 잘 알아. 세철은 말하고 마음 쓰는 것이 어른 같아. 집안에 어른이 안 계시니 세철이가 빨리 어른이 되었구나. 우리 집 아이들은 언제면 세철이처럼 마음을 쓸까?"

"무슨 말씀을 하세요. 민철 형이 얼마나 마음이 넓고 생각이 어른스러운데요. 제가 형 때문에 학교에서 덕을 많이 봐요."

"그래? 살다보니 그런 소리도 다 들어보는구나."

"정말인데요."

세철은 학교에서 들은 민철의 평판을 들려주었다.

"자식, 그런데도 지 에미 마음은 전혀 안중에도 없어. 저밖에 모르는 놈이야."

"아니에요. 제가 그래요. 집에서는 어른들 걱정만 끼쳐드리고, 지금은 이렇게 집에서 나와 있으니 어른들 마음을 아프게 해드리고 있어요."

주인아주머니는 세철의 진지한 표정을 보면서 미소를 지었다.

"다들 그래. 남자들은 집이 불편한 거야. 집을 나가고 싶어 하거든. 그런데 말이다, 여자라고 그런 마음이 없겠니? 그건 인간의 본성인데, 사람들은 그것을 인정해주지 않거든."

아주머니는 하늘을 보면서 후 한숨을 내쉬었다.

"오늘 동창회 가셔서 마음이 상하셨죠. 초등학교 동창회였어요, 아니면……."

"동창회가 아니라, 예전에 전문학교 때 문학 서클이 있었는데, 나는 중도에 학교를 나왔지만 그네들이 날 초대했어. 당시 서울에 있는 전문학교 학생들끼리 하는 모임이었는데, 난 전문학교 2학년 되던 해에 민철이 아버지 성화에 결혼을 했어. 바보였지. 뭐 두어 해 뒤에 해도 되는데 말이야. 그때는 스무 살이 넘으면 노처녀야. 그것보다도 민철이 아버지를 내가 너무 사랑했던 거야."

아주머니 목소리가 착 가라앉았다. 세철은 그녀에게서 어머니의 모습을 보았다.

"그런데 남자에게는 가족보다 더 중한 것이 있다는 것을 나는 몰랐어."

아주머니는 혼잣말처럼 중얼거리면서 방으로 들어가버렸다. 남자가 가족보다 더 중하다고 생각하는 것이 뭘까? 민철이 아버지가 전쟁 통에 돌아가셨다는 말이 떠올랐다.

옷을 갈아입고 나온 아주머니가 아직도 툇마루에 앉아서 맑은 하늘을 쳐다보고 있는 세철에게 말했다.

"어머니에게 잘해드려. 자식새끼 버리고 집을 나가지 않았다는 것만도 고마워해야 해."

세철에게 하는 말인지, 민철에게 하는 말인지, 혼잣말처럼 중얼거리면서 마당 수돗가로 나와서 저녁 준비를 시작했다. 아주머니의 모습은 좀 전에 봤던 그 화려하고 세련된 중년 여인이 아니었다.

큰집 제사에도 가지 않을 정도로 시집에 대한 한이 많은가? 인생을 살아가는 데 무엇이 그렇게 사람을 한스럽게 만들까?

다음 날 오후 6시에 세철은 일부러 민철을 만나러 체육관 검도실로 갔다. 5시부터 한 시간 동안 월, 수, 목요일에 검도 연습을 한다는 것을 알고 있었다.

"웬일이야? 무슨 일이 생겼냐?"

민철은 교내에서 세철을 괴롭히는 학생이 나타났나 생각했다.

"아니."

"그러면 좀 기다려라. 내가 정리하고 나올게."

잠시 후에 나온 민철은 세철을 데리고 학교 뒤 연못가로 갔다. 노란 은행나무와 느티나무의 단풍이 연못 위로 떨어지고 있었다. 둘은 나무 의자에 앉았다.

"이제는 학교에 마음을 붙였니?"

"다 형 덕분이야."

"그래. 그렇게 생각해주니 고맙다. 넌 너무 착해서, 내가 널 그냥 둘 수 없어서 그래. 혹시 우리 학교에서 상처를 받을까 걱정이 되었어."

민철은 진정으로 말했다. 뭔가 세철에게 하고 싶은 말이 있는 것 같았다.

"형, 날 그렇게 좋게 보지 말아줘. 나 아주 질이 안 좋은 아이야. 원래 체면 차리는 데는 도가 터서 남에게는 잘 보이지."

그것은 사실이 아니었다. 민철도 알았다.

"그래도 난 네가 좋다."

"어제 큰댁에 다녀왔어?"

"그래. 할머님 제사인데, 어머니는 큰댁에 가시려 하지 않아서 우리라도 다 가는 거야. 아침에 조반을 거기서 먹고 학교로 직접 왔어. 집에 무슨 일이 있나?"

"일이 있긴 해."

그 말에 민철의 안색이 변했다.

"뭔데?"

"참 아주머님이 너무 아름다운 분이라는 것을 알았어."

어제 오후에 나들이하고 들어오는 데 몰라봤다는 말을 했다.

"자식 싱겁기는? 전문 학생 때는 학교 안에서 알아주는 미인이셨어. 여학교 때 아버지가 반했거든. 처음에는 전문학교도 진학하지 말고 결혼하자는 것을 어머니가 고집을 부리셨는데, 겨우 1년 반을 넘기고 아버지 구애에 어머니가 넘어가셨어. 그러기에 지금 어머니는 아버지에 대한 원망이 많아. 그 마음이 큰집으로 이어지는 것이지."

민철은 자신의 집안 이야기를 했다.

"돌아가신 아버지를 어떡하겠어. 전쟁이 죄지."

"아버지는 돌아가신 것이 아니라 당신의 뜻을 이루기 위해서 집을 떠나신 거야."

"뭐?"

"내가 왜 이런 말을 하는 거지……. 아버지는 공산주의자였어."

공산주의자? 그러면 전쟁에 돌아가신 것이 아니었구나. 그러나 민철은 한동안 아무 말도 하지 않았다.

"아픈 집안의 역사야. 어머니는 사상을 가족보다 더 생각하는 아버지를 용서할 수 없는 거야. 그래서 아버지에 대한 원망을 할 아버지와 큰댁에 쏟아놓으시는 거지."

세철은 민철의 마음이나 그 어머니 마음을 이해할 수 있었다.

"그래서 교장선생님이 우리를 돌봐주시는 거야. 아버지와는 절친한 친구 사이셨고, 더구나 전쟁 당시에 정부 쪽에서 일했던 처지라, 아버지를 붙잡아두지 못한 것을 자책하셔. 모르지, 두 분 사이에 어떤 이야기가 있었는지. 어머님도 교장선생님을 많이 의지하고. 그래서 어디 직장을 마련해드리고 싶은 생각도 있는데, 그것은 내가 반대했지. 어머니 나이 이제 서른아홉이야. 이제 학교 교사도 할 수 있어. 얼마나 교사 자원이 모자라니? 한때 그런 생각을 가지셨는데, 내가 반대했어. 사실 우리 집에는 재산이 많아. 어머니가 하숙을 치지 않아도 살 만해. 그런데 하숙을 치는 이유는 세상일을 잊고 싶으신 거야. 열심히 공부하는 청년들 모습이 보기좋으신 거야. 나에 대한 기대도 많으셨지만, 난 일부러 공부에 매달리고 싶지 않아. 아버지는 수재였대. 교장선생님 말씀을 들으면. 그런데 결과는 뭐야? 가족을 버리고 떠난 것이지. 나는 아버지와 같은 사람은 되고 싶지 않아. 그렇다고 어머니를 이해 못하는 것은 아니지만, 세상으로 내보내면 솔직히 어머니도 우리 곁을 떠나버릴 것 같아. 아들의 욕심인가? 세철이 너네 집도 어머니가 혼자라고 들었는데, 시골이니까, 결국 집을 지킬 수밖에 없겠지. 종갓집이라면서. 어머니께 잘해드려. 나같이 욕심 부리지 말고."

"이따금 어머님이 화사하게 정장을 하고 시내 외출이라도 하도록 허락해. 난 아주머님이 햇살이 환하게 부서지는 마당으로 들어서는 것을 보는 것이 참 좋을 것 같아. 고향 어머님에게도 그렇게 하시라고 편지를 쓸까 하는데, 날 보고 이상하게 생각하실 거야. 공연히 어머니 바람피운다는 소문 만들지 말라고. 그런데 서울이니까 가능하지 않겠어. 그러지 말고 다시 학교를 다니시도록 해. 대학 편입해서 공부하는 것도 괜찮지 않겠어."

그 말에 민철은 한참이나 세철의 얼굴을 쳐다보았다. 처음에는 반짝거렸던 눈동자가 차츰 기운을 잃어가더니 그 눈에 눈물이 고였다.

"넌 너무 마음이 넓어서 탈이야. 앞으로 이 세상에서 어떻게 살아갈래? 그런 생각도 해봤어. 어머니에게 내색을 하진 않았지만, 처음 하숙을 치시겠다고 할 때 말렸지. 큰집에서도 말리셨어. 그런데 어머니 고집도 대단해. 큰집에서는 늘 어머니 눈치를 살피시거든. 청상과부처럼 살아가는 며느리, 그것도 차라리 아버지가 세상을 떠났으면 모르지. 결국 어머니 고집대로 하숙을 치면서 시간을 보내시는 거야. 돈 벌려고 치는 하숙이 아니니까, 학생들도 좋아라 하고. 그래서 내가 늘 어머니 심부름을 하지. 장도 봐드리고, 집안 청소도 하고, 내가 아버지 몫을 한다고 생각해."

세철은 민철의 마음이 너무 깊다는 것을 알았다. 그런데 왜 그 어머니는 이렇게 마음이 깊은 아들을 이해하지 못할까? 그게 어머니 마음일까? 고향 어머니는 날 얼마나 원망하실까? 1년 반을 못 참아서 서울로 도망친 아들을. 사실 나는 유원이 보고 싶어서 서울로 올라온 것이다. 얼마나 이기적인가? 유원을 만났다고 해서 내 인생이 달라지는 것도 아니다. 형은 이런 동생의 사정을 알겠지만, 어머니는 모르실 것이다. 세철은 자기의식에 잠재해 있는 복잡한 마음의 가닥들을 정리해보았다.

"참 가족이라는 것이 너무 애매해. 옛날처럼 가부장적 가족제도가 오히려 가족에 대한 갈등이 덜할 것 같아."

민철은 자리를 털고 일어나면서 한마디 했다.

"내가 어머니께 죄스럽게 생각하는 것은, 지금 어머니를 가둬놓은 내가 몇 년 후에 좋아하는 여자를 만나 사랑을 하고 결혼을 하면, 어머니에 대한 내 생각이 달라질 것이라는 거야. 한마디로 어머니 처지를 외면하고 나 혼자만 행복하게 살려고 하겠지. 설사 어머니를 생각한다 하더라도, 그것은 모자의 관계를 유지하기 위한 수준에 머물 거야. 그리고 보면 인간은 너무 이기적이야. 그런데 어머님은 그러한 인간관계를 너무 잘 아시거든. 나도 동생들도 언젠가는 자신을 위해 어머니는 안중에도 없을 것이라는 것을 너무나 잘 아시거든."

민철은 냉소적으로 지껄였다. 앞으로 나타날 자신의 이기를 경멸하는 투였다.

순간 세철은 자신과 형의 모습이 떠올랐다. 우리 어머니는 아들이 배신할 것을 알고 계셨을까? 모르시겠지. 언제까지 아들은 아들이라고 생각하시면서 그 헌신을 늦추지 않으시겠지. 너무나 슬픈 일이다. 그러한 어머니를 둔 아들은 너무 잔인하다.

둘은 교문을 나설 때까지 아무 말도 하지 않았다. 어머니를 배신하는 아들의 모습을 자신에게서 찾아내고 있었다.

6

"맘마, 엄마, 어머니, 마더."

세철은 뽀미의 오몰거리는 입술을 바라보다가 그 노란 눈에 비친 제 얼굴을 보았다. 이 아이의 동공에 내 모습이 어린다면, 그것은 영원히 지워지지 않을 것이다. 지난주부터 시작한 뽀미와의 놀이가 점점 재미있었다.

"삼촌, 아저씨."

세철이 "내가 누구지?" 하고 묻자 뽀미가 곧 대답했다.

"삼촌은 뽀미를 사랑해. 아이 러브 유!"

"아이 러브 삼촌!"

뽀미가 곧 말을 바꾸어 대답했다. 세철은 뽀미의 손을 잡고 방

안을 돌아다닌다.

"윈도 창문, 데스크 책상, 펜슬 연필, 나이프 칼……."

방 안에 있는 것을 직접 가리키거나 집어 들어 영어로 말하고 다시 한국어로 말했다. 뽀미는 아주 즐겁게 영어와 한국어를 되풀이했다.

뽀미는 만날 때마다 말하는 한국어 단어가 늘었다. 몸과 생각과 표정이 변하는 것을 보니 한 생명이 성장해가는 모습이 눈에 띄게 드러났다.

"좀 쉬었다 하자. 뽀미야, 삼촌과 노는 거 좋아?"

안드레 소령도 한국어가 늘었다.

"쪼아!"

뽀미가 아직도 세철의 손을 놓지 않고, 엄마를 향해 눈을 말똥거렸다.

"모두들 출근하고 나면 혼자 유모와 노는 것이 심심했을 텐데, 세철이가 와서 놀아주니 너무 좋은가봐."

안드레는 세철이가 와서 뽀미와 놀아주는 것이 너무 보기 좋았다.

"저도 즐거워요."

세철은 영어로 대답했다.

뽀미가 영어로 말하는 세철의 입술을 유난스레 쳐다보았다. 영어로 말하는 것이 이상하게 들렸던 모양이다.

"뽀미가 주일마다 변하는 것이 참 신비스러워요. 뽀미를 처음 만나서 얼마 지나지 않았는데도 너무 많이 변했어요. 몸도 자랐고, 한국어도 늘었고, 흉내도 잘 내고……. 뽀미가 시간을 먹고 무럭무럭 자라는 것 같아요."

"시간을 먹고? 그렇군. 생명은 시간을 먹고 자라니까."

"참 신비롭지요."

세철은 그때 관사 앞뜰에 있는 은행나무가 눈으로 들어왔다. 노란 잎이 이제 거의 떨어지고 있었다.

"나무도 시간을 먹고 자라는데, 잎이 떨어지는 것도 자라는 일이겠지요?"

세철은 오늘 따라 노랗게 물든 은행잎도 신비롭게 보였다.

"그렇겠네. 은행잎이 아름답군."

단풍든 나뭇잎이 곱다는 말에, 안드레는 뽀미를 안고 뜰로 나왔다. 가을 햇살이 따습게 내리붓고 있었다.

"한국의 가을은 아름다워."

용산 미8군 병영 안에서 바라보는 남산도 가을빛이 완연했다. 병영 안에 있는 나무들이 모두 곱게 단풍이 들었다. 바람이 일 때마다 나뭇잎들이 스산하게 떨어졌다.

"세철의 표현이 좋아. 사람은 공기를 먹고 자라는 것이 아니라,

시간을 먹고 자라는 거라는…….”

안드레가 푸른 하늘을 보면서 말했다.

“뽀미야, 저 스카이. 하늘.”

세철이가 하늘을 가리키며 뽀미를 쳐다보았다.

“스카이. 하늘.”

“가을 어톰, 하늘 스카이, 구름 클라우드, 아름답다 비유티플.”

세철은 안드레의 손을 잡고 하늘을 쳐다보는 뽀미에게 계속 말을 걸었다. 뽀미는 하늘을 한 번 쳐다보고, 세철을 한 번 쳐다보면서 따라 했다.

“저는 여기 와서 뽀미와 놀면서 생명의 신비로움을 체험했어요. 주일마다 다르게 자라는 뽀미가 그것을 제게 가르쳐주었어요.”

안드레는 세철의 진지한 어투에서 무슨 고민이 있는가 생각했다.

“모든 생명은 다 소중하지만, 그중에도 사람은 더욱 소중하지. 하나님 다음으로 소중한 존재거든.”

“그렇다면 사람이 결혼을 하고 자녀를 낳는 것도 사람으로서는 소중한 일이지요?”

세철은 낙엽이 떨어지는 나무들을 보면서 말했다. 안드레는 세철의 표정을 물끄러미 쳐다보았다.

“그렇지. 그래서 모두들 사랑하고, 결혼해서 부부가 되고, 자식을 낳지.”

"결혼하니 행복하지요?"

"뽀미를 얻었으니 더 행복하지."

"그런데 말이죠. 지금 소령님은 뽀미를 자신의 생명처럼 소중하게 생각하고 사랑하는데, 이제 뽀미가 자라면, 다시 사랑하는 사람을 만나 결혼하고 자식을 낳겠지요. 그때가 되면 뽀미도 소령님보다는 남편과 자식을 더 소중하게 생각하고 사랑하게 되겠지요?"

"……."

안드레는 얼른 대답하지 않았다.

세철은 가족 간의 관계가 변해간다는 것이 마음이 무거웠다. 지금은 어머니를 걱정하고 사랑하지만, 자신도 여자를 사랑하고 언젠가 결혼하면 어머니는 그 사랑하는 여자보다 조금은 멀리 떨어져 있을 것이고, 자식을 낳는다면 그 자식을 어머니보다 훨씬 더 가까이 두게 될 것이다. 관심이 차츰 어머니로부터 떠나가게 될 것이다. 한때는 그러한 형이 섭섭하기도 했으나 자신도 언젠가는 형처럼 될 것이다.

"그것은 자연의 이치가 아닐까? 우리가 각자 부모로부터 받은 사랑을 자녀에게 돌려줌으로써 인간의 역사가 발전하게 되고, 그렇게 해야 대대로 가정이 존속될 수 있지 않겠어. 만약 부모가 자식을 사랑하는 것만큼 자식도 부모를 사랑해야 한다면, 자식에 대한 부모의 마음과 부모에 대한 자식의 마음이 달라지게 되겠지.

그렇게 해야 가족관계가 유지될 수 있을 거야. 부모는 늘 자식이 세상에서 자기 길을 찾아 열심히 살아가는 것으로 자식에게 준 사랑을 되받는 것이라 생각해서 만족하거든."

안드레는 부모와 자식 간의 관계, 그리고 이성을 사랑하여 결혼해서 살아가는 일에 대해 좀 더 진지하게 설명해주고 싶었다. 그러나 언어의 차이 때문에, 그리고 미국과 한국 사람들의 가족 문화의 차이 때문에 제대로 전달할 수 없어서 안타까웠다.

"이렇게 생각해봐."

안드레도 진지한 표정을 지으면서 말했다.

"내가 뽀미를 낳았지만, 내 의지에 의해서 낳은 것은 아니야. 슈트라를 사랑해서 결혼하고 잠자리를 같이 해서 뽀미를 갖게 된 것이지, 뽀미를 낳겠다고 생각하고 슈트라와 섹스를 하지는 않았거든. 사랑하니까 섹스를 한 것이지. 그것은 두 사람의 사랑을 확인한 것에 불과한 일이었어. 그런데 뽀미를 갖게 되었지. 물론 섹스를 하면 자녀를 갖게 될 수도 있다고 생각은 했지만, 반드시 자식을 낳기 위해서 섹스를 한 것은 아니었지. 그런데 우리의 사랑의 징표처럼 우리 사이에, 우리의 몸이 결합되어 또 다른 생명을 얻게 된 거야. 더구나 내가 임신했을 때에도 뽀미 같은 아이를 낳으리라고 생각하지 못했지. 물론 예쁘고 건강한 아기를 낳고 싶었어. 그래서 기도하고, 준비하고, 정성을 드리고. 그러나 뽀미가 이 세상에 태어난 것은 우리 부부가 구체적으로 의도한 결과는 아니야. 그래서 생명을 태어나게 한 것은 하나님이라는 것을 알게 되었어. 우리 부부가 사랑하기 때문에 선물로 허락해주신 것을. 우리 부부는 이 생명을 세상에 태어나도록 하기 위해서 하나님의 도구로 쓰인 것이고. 그러니까 부부는 하나님의 자녀를 낳고 잘 양육할 엄청난 의무를 갖게 되지. 그 대가로 하나님은 우리 부부에게 뽀미를 기르고 양육하는 즐거움을 주셨어. 그러니까 뽀미는 우리 부부가 낳았어도 우리 부부의 소유가 아니야. 부모로서 뽀미가 세상에서 자기가 타고난 것을 가지고 성실하게 열심히 살아가는 것으로 만족하지. 그것은 낳아주시고 돌봐주신 부모에 대한 자녀의 도리야. 부모와 자식의 사랑은 주고 받는 관계가 아니라, 그냥 주고 그 사랑을 다시 자녀에게 주는 관계일 거야."

안드레는 뽀미의 태어남에 대해서 부부가 평소 생각했던 것을 솔직하게 말했다. 이런 말을 누구에게도 하지 않았다. 그런 기회가 좀처럼 없었다.

"그렇다면 결혼은 꼭 해야 되겠네요. 그게 부모님께 효도하는 길이니까."

"왜 결혼을 하지 않으려 했어?"

"결혼해서 부부 간에 문제가 생기면 귀찮고, 그렇게 사랑했는데, 어느 때에 그 사랑이 식어지면 서로가 허무하지 않겠어요. 그것은 자신에 대한 배신일 수도 있고, 한 사람이 가정을 가짐으로써 쏟아야 하는 열정과 시간을 다른 곳에 쏟는다면, 세상을 위해서도 더 소중한 일을 많이 할 수 있을 것 같다는 생각을 종종 하곤 해요."

"하나님이 아담을 만든 다음에 하와를 만든 것은 서로가 협력하여 일하도록 하기 위해서였어. 창세기에서 읽었겠지?"

"읽었어요. 그러나 우리가 살아가는 현실은 그렇지 않아요. 남자가 결혼을 하면 가족을 위해 일해야 되고, 세상에서 자기 뜻을 펴기 위해서는 가족을 버려야 하는 경우도 있지 않겠어요."

세철은 민철이 아버지를 생각했다. 사상이 가족보다 더 소중한 것일 수도 있지만 가족을 버리면서까지 그것을 추구한다는 것은 지나치다고 생각했다. 그렇다면 어떻게 해야 할 것인가? 답은 하나뿐이다. 사상이 중요하다면 결혼을 하지 말아야 한다. 만약 해야 한다면 사상의 동지끼리 해야 한다고 생각했다.

"생각해봐. 모두 결혼하지 않고 더 소중한 일을 할 수 있다고 생각해서 혼자 살아간다면 세상이 어떻게 되겠어."

"그렇기는 하네요."

"우리가 세상에 살면서 사랑하고 결혼하는 것도 우리 의지에 의해서 이루어지는 것은 아니야. 내 경우가 그렇거든."

안드레는 자기 이야기를 시작했다.

"간호대학 다닐 때 사랑하는 청년이 있었어. 같은 대학 의대생이었지. 그러나 결국 헤어져야 했지. 그 충격을 달래기 위해서 간호장교를 지원했고, 되도록 외국 근무를 자청했어. 그래서 2차대전을 겪고 제주도에서 세철을 만났고, 다시 오키나와에서 슈트라를 만나 대학생 때보다 더한 사랑을 하게 되었고, 이제 결혼하여 뽀미까지 낳게 되었어. 이러한 만남은 신비로운 것이었지. 만약 내 첫사랑이 이루어져서 결혼했다면 뽀미를 낳지 못했을 거야. 이렇게 귀엽고 세철이 삼촌을 잘 따르는 뽀미를 낳을 수 없었을 거야. 뽀미는 국제적이야. 누구와도 잘 어울려. 엄마와 아빠가 온 지구 사람들을 다 좋아하는 것을 알고 있는 거야. 하나님이 우리에게 내려준 축복이지. 첫사랑이 이루어졌다면 세철이도 만나지 못했을 것이고, 한국을 좋아하지 않았을 거야."

안드레의 말이 세철의 가슴을 울렸다. 자신이 안드레를 알게 되고 무척 좋아하게 된 것도 참 귀한 일이라고 생각했다. 세철은 그녀를 통해서 사람과 사람과의 사랑이라는 것을 알게 되었다. 그것은 귀한 선물이다. 그런데 지금 그 귀한 것을 자꾸 잃어버리고 있다. 그것은 혼란을 가져왔기 때문이다.

"세철이, 사랑에 너무 집착하지 마. 사랑은 자연스러운 것이야. 유원이를 좋아하지만, 그 좋아함은 자연스러운 것이어야 하지. 그래서 즐겁고 행복하게 되는 거야. 그것이 아쉬움이 되고 더 심해서 고통이 되고, 불만이 되면 안 돼. 이성 간의 사랑은 서로가 함께할 때에야 이루어지는 것이야."

그 말에 세철은 긴장했다. 유원이가 자기로부터 떠나갈 것을 예언하는 말 같았다.

"내 경우를 생각하면, 첫사랑의 상처가 얼마나 컸으면 일평생 결혼을 하지 않고, 백의의 천사로 살기로 작정했겠어? 그러나 사랑의 상처는 크기도 하지만, 다른 사랑으로 아주 쉽게 아물기도 해. 그런 아픔을 통해서 우리는 더 진실한 사랑을 하게 되고 성장하기도 하는 거야."

세철은 유원과의 관계가 상처로 남게 될 것이라고 미리 말하는 것 같았다. 그러나 그것도 내 인생의 한 과정이라면 너무 마음 쓸 필요는 없다. 민철의 어머니가 진정으로 사랑하는 사람과 결혼했으나, 민철의 아버지는 가족보다 사상을 더 소중하게 생각하고 떠났다. 전쟁이 쉽게 끝나지 않는다면, 민철의 아버지는 북쪽에서 다시 결혼하고 가정을 가질 것이다. 그렇다면 사랑은 뭐고 결혼은 뭘까? 정말 사랑이 내 인생을 결정하는 그렇게 중요한 것인가? 그 사랑도 진정한 사랑을 깨닫기 위해 찾아가는 한 과정일까? 그것은 사람이 판단할 문제가 아니다. 이렇게 생각하자 세철은 마음이 좀 편해졌다.

"그런데 예수님은 결혼을 하지 않으셨지요?"

"하나님의 아들로서 결혼보다 더 중요한 일, 하나님의 나라를 위해서 십자가의 고통을 감당해야 할 처지였으니까, 결혼하면 안 되겠지. 그리고 결혼하면 세상의 모든 사람을 나 사랑할 수 없지 않겠어? 아무래도 부인과 자식을 더 사랑할 테니까. 하지만 그것은 사람들의 생각이고, 예수님은 하나님이시니, 결혼은 인간에게만 주어진 하나님의 축복이야."

"바울도 결혼을 하지 않으셨지요. 가톨릭의 신부나 불교의 스님들도 결혼을 하지 않고요."

"그것은 결혼해서 가정을 이루고 살아가는 것보다 더 귀한 일을 하기 위해서 특별하게 선택받았기에 그래."

"바울 사도도 그렇게 말씀하셨지요. 결혼을 하되, 꼭 하지 않아야 될 처지에는 하지 않아도 된다고. 그런데 그렇게 결혼을 하지 않으면 섹스는 어떻게 하지요?"

세철은 그것이 궁금했다. 이따금 성적 욕망이 일어날 경우에도, 이것은 인간의 본능적 욕구라고 이해하면서 이 문제를 해결하는 것은 쉬운 일이 아닐 것이다. 그것을 무엇으로 이겨야 하나? 결혼하지 않으면 성욕은 어떻게 처리하지. 잘라버려? 아니면 매춘을? 매춘은 죄인가? 그 여자를 사랑하는 것이 아니니까?

"수련으로 이기겠지. 난 몰라. 난 수녀도 신부도 스님도 아니니까. 그런 문제를 다 해결할 수 있는 길이 있을 거야. 그보다 더 큰

욕망도 이기는 것이 인간인데…….”

“저 이런 말씀 여쭤 봐도 돼요?”

“뭔데?”

“제가 안드레 소령님을 너무 좋아했거든요. 제 생각에는 안드레 소령님은 일평생 결혼하지 않을 분이라고 생각했어요. 그런데…….”

“그래? 참 이상해. 나도 제주에서 널 만났을 때까지는 그렇게 내 인생을 결정했거든. 아까도 말했지. 난 정말 결혼하지 않고 병든 자를 위해서 일하는 백의의 천사가 되겠다고. 어떻게 세철의 마음과 내 마음이 그렇게 같을 수 있었지!”

진정으로 안드레는 세철의 말을 받아들였다.

“그런데 말이죠.”

세철이가 우물쭈물 말하기가 어색한지 망설였다.

“결혼했다는 소식을 들었을 때 실망했어요. 안드레 소령님도 보통 여자였구나. 제 마음에 자리 잡은 그 순결한 모습이 사라져버렸어요.”

세철은 그 말을 하면서도 얼굴이 달아올랐다. 오랫동안 간직했던 비밀을 털어놓은 탓이다.

“맞아. 세철의 말이 맞아. 다 그렇게 생각해. 나도 결혼을 하면서 그것이 고민이었어. 나도 남자와 결혼해서 평범하게 살아가는 여자로 내 인생이 끝나는 것이 아닌가? 그런데 뽀미를 낳고 나서 생각이 달라졌어. 특별하게 살아가는 것과 평범하게 살아가는 것의 차이가 없고, 모두가 소중한 삶이라는 거야. 그렇게 생각하다가 남편과 의논했어. 우리가 이 가난한 나라, 전쟁으로 폐허가 된 이 나라를 위해 일하자고. 세철이랑, 한국에서 만난 사람들은 모두 좋은 사람들이었어. 그래서 마음을 굳혔어. 한국에 오래오래 근무하기로 하고, 만약 퇴임하게 되어도 이 땅에서 살면서 한국 사람의 친구가 되기로. 세철은 앞으로 내 좋은 친구가 될 거야. 우리는 오누이가 아니고 부부가 아니더라도 더 좋은 친구로서 동반자로서 일하게 될 거야. 난 그렇게 믿거든."

그 말에 세철은 가슴이 뛰었다. 정말 안드레는 큰 생각을 갖고 있구나. 내가 갖고 있는 생각은 내 아집과 욕심에 머물러 있는데…… 세철은 부끄러웠다.

"제가 안드레 소령님을 만난 것은 인생에서 행운입니다. 이렇게 다시 만날 수 있다는 것도, 뽀미와 친구가 될 수 있다는 것도, 오늘 뽀미에게 한국말을 가르쳐주러 왔다가 인생의 큰 문제에 대해 생각할 수 있었던 것도 정말 모두 행운입니다."

"사람이 사람을 만나게 해주시는 분은 절대자이신 하나님이시다. 절대자이시지. 믿는 사람이나 믿지 않는 사람이나 간에 사람과 사람의 만남을 통해서 역사는 이루어지는 것이지."

세철은 마음을 묵직하게 짓눌렀던 것들이 풀려나가면서 가벼워지는 것을 느꼈다. 그런데 혹시 내가 안드레 소령에 대해서 사랑하는 마음을 가진 건 아닐까? 문득 그렇게 생각하다가 피식 웃었다.

"왜, 우스워?"

"아니요?"

"난 그 웃는 이유를 아는데?"

"뭔데요?"

"세철이가 나를 이성적으로 좋아했었지 않나 하고, 지금 생각했었지?"

"예?"

순간 세철은 부끄러워서 얼굴을 들 수가 없었다.

"그렇군. 참 나는 행복한 여자였어."

세철은 안드레 소령이 무서웠다. 어떻게 저렇게 사람의 깊은 마음을 꿰뚫어볼 수 있을까?

"어떻게 아셨어요?"

"나도 그런 생각을 했었거든. 오키나와에서 세철의 편지를 받고서 내가 그 이국에서 만난 착한 소년을 사랑했던 것이 아닌가? 혹시 그러한 내 마음이 텔레파시가 되어 세철에게 전해진다면, 공연히 순진한 한 소년이 나 때문에 사랑의 열병을 앓게 되지 않을까 걱정했고."

그 말을 듣던 세철은 좀 전에 가졌던 그 부끄러움이 사라져버리고 가슴이 넓어지는 느낌이었다. 편안했다. 그의 입가에 미소가 피어올랐다. 말하는 안드레의 입가에도 잔잔한 미소가 피어올랐다.

뽀미가 심각한 이야기를 하는 엄마 품에서 벗어나와 잔디 위에 떨어진 노란 은행잎을 줍고 있었다.

안드레가 세철의 손을 잡고 그의 눈을 응시하면서 웃었다.

"우리가 서로 같은 감정을 가졌다는 것은 일평생 동반자가 될 수 있다는 증거야. 나는 혼자 고민했거든. 혹시 나만 세철이에 대해서 그러한 감정을 갖고 있지 않나 해서."

세철도 소리 없이 웃으면서 고개를 끄덕였다.

"제게는 아마 누이 콤플렉스가 있나 봐요."

그렇게 말하면서 옥자의 이야기를 할까 하다가 그만두었다. 너무나 순수한 마음을 나누었던 이 아름다운 분위기에서 그 이야기는 어울리지 않을 것 같았다.

"마이 엉클. 삼촌. 옐로. 노란. 리프. 나뭇잎."

아이가 노란 은행잎을 쥐고 쫑알거리면서 다가왔다. 그 기우뚱거리는 걸음걸이에 지구가 움직이는 것 같았다.

사막으로
난 길

1

　12월 셋째 주일 예배 후에 세철은 정 내과 식구들과 같이 샬롬의 집에 갔다. 슈트라 내외는 오지 않았다. 그래도 크리스마스 선물은 미리 도착했다고 했다. 예배 후에 원장이 그렇게 설명하면서 선물을 나눠주었다.

　세철은 경석이가 보이지 않아서 궁금했다. 사람들의 표정이 예전과 달리 어둡고 분위기도 이상했다. 세철은 문득 어제 저녁에 정 박사 방으로 인사하러 갔다가 우연히 목격한 일이 생각났다.

　토요일 오후에 정 내과에 들러서 먼저 정 박사에게 인사를 드렸다. 문 앞에서 노크를 하려는데, 방 안에서 거친 목소리가 들렸다.

"그 자식 배은망덕도 유분수지. 나를 속여?"

정 박사가 화를 내고 있었다.

"자네는 뭘 하는 사람이야?"

"저도 그놈을 믿었습니다. 차마 물건을 팔아먹을 줄은 몰랐습니다. 장부를 두 개 만들어 서로 대조하고 있었고, 물건을 마음대로 처리할 수 없도록 되어 있어서요."

병원 사무장의 낮은 목소리가 들렸다.

"장부 가져와. 자네도 공범자 아냐?"

"아닙니다. 저를 믿지 못하시면 섭섭합니다."

"일이 이렇게 되었으니 자네를 의심하지 않겠어?"

그 소리를 듣고는 세철은 인사를 드리지 않고 물러나 버렸다.

안채 분위기도 예전과 달랐다. 사모님도 그저 인사만 받았고, 정 선생도 말이 없었다.

그래서 세철은 저녁만 먹고 형과 잠을 자지 않고 하숙집으로 돌아왔다.

샬롬의 집 아이들은 여전했다. 다가오는 크리스마스 행사를 위해 오후에도 내내 합창 연습을 했다. 유원이랑 규석이, 세민 형도 같이 연습했다. 세철도 다른 의사 한 분과 같이 연극 연습을 도왔다. 연극에 필요한 소도구를 맡았다. 그 일은 경식과 같이 했던 일이었다. 그가 있었으면 분위기가 좋았을 텐데 그런 생각을 했다.

연습이 끝나자 샬롬의 집에서 저녁 식사를 했다. 형에게 경식에 대해서 물어볼까 하다가 그만두고 하숙집으로 돌아와 버렸다.

세철이 막 교문을 나서는데, 경식이 불쑥 나타났다.

"나와 이야기 좀 하자."

그는 세철을 근처 빵집으로 데리고 들어갔다.

"어제 샬롬의 집에서 안 보이던데, 무슨 일이 있어?"

세철은 그가 짤렸다는 것을 알면서도 물어보았다.

"나 짤렸어. 정 박사가 나를 배신했어."

"배신?"

"내가 그의 밑에서 개처럼 일했지 않니? 그런데 이제는 내가 쓸 모없다고 구실을 만들어 쫓아낸 거야."

그는 아주 거칠게 정 박사를 비난했다.

"정 박사는 양의 탈을 쓴 이리야. 자선사업을 합네 하면서, 아이 들에게 줄 구호물자랑 약품을 다 빼돌려 착복하는, 아주 악질이야."

세철은 경식의 입에서 험한 말이 나오는 것을 이해할 수 없었 다. 그는 전쟁고아로 정 원장의 보호를 받고 자라왔고, 지금 야간 대학도 다니고 있다. 대개는 고등학교만 나오면 사회로 내보낸다. 그런데 그는 계속 일을 맡겼고, 공부도 더 시키고 있다. 그런데 무슨 원한이 있어서 이렇게 험담을 하는지 이해할 수 없었다.

"야, 세철이 너도 앞으로 그 집과 깊은 관계를 맺고 살아가야 할 처지니까 내가 말하는데, 그 정 원장 내외는 아주 나쁜 사람이야. 도둑놈이야."

계속 정 원장의 비리를 말하면서 비난했다.

"구호물자를 팔아먹는 것은 물론이요, 원생들의 보건용으로 나온 의약품을 모두 빼돌려 개인 병원에 쓰고 있어. 약이 좋으니까 병 치료도 잘 되고, 그래서 정 내과가 서울에서 소문이 난 병원이 되었지. 그것만이 아니라 슈트라 중령을 비롯해 미군 장교들의 백을 믿고 미군용 의약품을 비롯해서 의료기구들도 얻어서 병원에 쓰고 있어. 샬롬의 집 원아들은 감기나 설사 정도만 봐주면서 엄청난 의약품을 뒤로 빼돌리고 있지. 그리고 슈트라가 미국 자선단체와 연결을 맺어주어 엄청난 후원금을 받고 있는데, 그것은 거의 개인이 착복하는 거야. 후원기관에서 뭐 회계감사를 하겠니?"

그러나 자신의 과오에 대해서는 입을 다물었다.

"형, 왜 그런 말을 제게 해요?"

"임마 너도 알아야 해. 네 형도 알아야 하고."

세철은 마음을 쓰지 않았으나 부담이 되었다.

"이렇게 말해. 만약 나를 다시 복직시켜주지 않으면, 나 다 불어 버리겠다고. 악덕 사회사업자로 세상에 폭로할 거야. 그리고 미군 의약품 유용 건도 내가 그냥 두지 않을 거라고 해."

"난 몰라요. 촌놈에게 그런 말 하지 말아요."

"네 형에게 말해. 아니면 정 선생에게 말하든지. 사무장 그놈도 나쁜 놈이야. 같이 해먹고서 나 혼자에게만 뒤집어씌웠어. 그놈은 내가 손 좀 보겠어."

세철은 경식으로부터 이런 말을 듣는다는 것도 불쾌했지만, 그의 말이 전혀 거짓이 아니라면 정 박사 내외에 대한 실망도 컸다. 거기에 슈트라와 안드레도 관계되었다는 것도 놀라운 일이다. 그들도 미군에서 나온 의약품이 모두 원생들을 위해 쓰지 않는다는 사실을 알고 있을 것이다. 그렇다면 이 세상 사람들은 불법을 아무렇지도 않게 저지르는구나. 생각할수록 머리가 복잡했다. 이 세상에 정말 정직한 사람이 드물구나. 정 박사 내외는 그럴 분이 아니라고 생각했다.

세철은 경식에게 들은 사실을 형에게 말하기로 작정했다.

하숙집으로 들어오다가 형을 만나기 위해 의과대학 도서관으로 찾아갔다. 세철이 학교에서 하숙집으로 돌아올 즈음에는 거의 의대 도서관에 있었다. 저녁은 의대 식당에서 사먹고 밤늦도록 공부를 했다.

"뭔 일이 있냐? 여기까지 찾아오고."

"아니, 그냥 형이 공부하는 것을 보고 싶어서."

세철은 형도 언젠가는 정 박사와 같은 사람이 될 것이라는 생각이 들자, 열심히 공부하는 형이 측은했다.

둘은 도서관 복도로 나왔다. 연탄난로가 있으나 추웠다.

"형은 왜 그렇게 열심히 공부해?"

세철은 울컥 울음이 솟구치는 것을 겨우 참았다.

"뭔 일이 있냐? 왜 새삼스럽게 그런 질문을? 공부하기 싫어졌냐? 제주로 다시 내려가고 싶어?"

세민은 동생에게 뭔가 특별한 일이 벌어졌구나 짐작했다.

"학교에서 나오는데 경식 형을 교문에서 만났어. 아마 일부러 나를 찾아온 모양이야."

세민은 긴장했다. 경식에 대해서 정 선생으로부터 대강 들었다. 그는 제주에서부터 정 박사의 신임을 받던 착한 아이였다. 그런데 샬롬의 집 사무장처럼 일하면서부터 원장의 눈 밖에 날 일을 종종 했다. 그래도 모른 척했는데, 이번에는 미 본토 구호단체에서 보내온 물자를 많이 외부로 유출시켰다. 경찰에 고발하려고 하다가 참았다는 말을 들었다.

"경식 형이 말하는데, 정 박사 내외분이 아주 나쁜 사람이라는 거야."

그렇게 시작해서 들은 이야기를 모두 했다. 그리고 이 말을 형이나 정 선생에게 꼭 하라는 것도 말했다.

세민은 그런 사실을 동생에게 한 경식의 의도가 궁금했다. 순진한 세철의 가슴에 대못을 박는 일이었다.

"정말 정 박사 내외분이 그런 사람이라면 형도 앞으로 그런 의사가 될까봐 걱정이야. 더구나 그 천사 같은 정 선생도 그렇게……, 두려워."

세철은 형을 노려보았다. 세민은 불꽃이 튀는 그 눈총을 바로 쳐다볼 수 없었다.

"아마 오해가 있을 거야. 의약품은 그럴 수도 있겠지. 그러나 그것을 팔아 가진 것이 아니라 역시 환자를 치료하는 데 썼다면, 그리고 샬롬의 집 원아들도 아프면 치료를 맡아줘서 원아들의 보건에 문제가 없다면 되지 않겠냐?"

"형도 역시 처갓집 편을 드는구나. 그럴 테지."

세철은 낙심했다. 형이 정 박사를 두둔하는 것이 이해되지 않았다. 불쑥 화가 치밀었다.

"형도 결국은 그런 의사가 되겠지. 그러려면 고향으로 내려가지 마라."

세철은 더 듣고 싶지 않아서 먼저 나와버렸다. 세민은 그런 동생의 모습이 낯설면서도 걱정이 되었다.

그런데 정 원장네가 그런 일을 하고 있다는 것은 어느 한도인가? 정말 샬롬의 집으로 온 구호물자와 의약품을 팔아서 착복하고 있는가? 왜 경식은 세철에게 이런 사실을 내게 말하라고 했을까? 원장에게 이야기하기를 바라고 있었을까? 홍정을 하려는 것인가?

세민은 답답했다. 무거운 짐을 진 기분이었다. 더구나 세철이 정 박사 내외를 안 좋은 눈으로 보게 될 것이 걱정이었다. 얼마나 상처를 받았기에 고향으로 내려가지 말라고 말할까? 형이 언젠가는 그렇게 타락한 의사가 될 것이 두려워서겠지. 동생의 생각이 너무 순수한 것이 다시 걱정이 되었다.

2

안드레 내외가 세철을 초대했다. 저녁 식사가 즐거웠다. 뽀미가 세철과 식사하는 것을 무척 즐거워했다.

세철은 서울에서 크리스마스를 지내고 고향으로 돌아가 겨울방학을 보내기로 작정했다. 겨울방학이 시작되는 대로 가려고 했는데, 주위에서 크리스마스를 지내고 가라고 말리는 바람에 눌러앉아 있기는 해도 마음은 벌써 고향집에 가 있었다.

뽀미가 그동안 한국어 단어를 많이 알고, 짧은 말도 구사하게 되었다. 안드레 내외는 뽀미가 세철을 따르는 것이 좋았다.

식사가 끝나자 세철은 안드레로부터 파카 만년필을 선물로 받았다. 그것은 특별히 소령 진급하였을 때에 슈트라로부터 받은 것이다. 그것을 세철에게 선물하기로 부부가 의논했다고 슈트라가 설명했다.

그리고 집에 가서 어른들께 드리도록 세철에게 많은 선물을 주었다.

그것을 받으면서도 세철의 마음은 편치 않았다. 정 박사 내외의 일 때문이었다. 이 일을 안드레에게 말하고 싶은 생각이 불끈 일어났다. 그런데 슈트라가 있어서 입이 쉽게 열리지 않았다.

마침 슈트라가 병원으로부터 전화를 받고 들어가 봐야 한다면서 자리를 떴다.

"제가 좀 물어볼 말이 있어요."

"뭔데?"

안드레는 요전처럼 심각한 이야기를 할 것인가 생각했다.

"샬롬의 집에서 이상한 사건이 벌어졌어요."

세철은 무슨 말부터 할까 망설이다가 조심스럽게 꺼냈다.

"세철이도 알고 있구나. 나도 알고 있어. 정 박사가 직접 슈트라에게 말했다고 들었어. 그런데……?"

안드레는 세철이 왜 이 이야기를 하는지 궁금했다.

"정 원장 내외분이 그 물건을 팔아서……."

안드레가 빙긋이 웃으면서 고개를 끄덕이는 바람에 세철은 말을 중단해버렸다. 이미 세철이 하려는 말을 다 알고 있다는 표정이었다.

"그 물건을 팔아서 운영비로 쓴다는 것을 듣고서 세철이가 분개했겠군. 그렇지?"

세철은 고개를 끄덕였다.

"사업을 하려면 그럴 수도 있다는 것을 우리는 인정해. 그렇다고 정 박사 내외분이 그 구호물품을 팔아서 개인적으로 쓴다고는 생각하지 않거든. 우리가 그분들을 신뢰하니까."

세철은 공연히 말을 꺼냈다고 후회했다.

그렇다면 이들도 공범이 아닌가? 안드레는 아닐지라도 슈트라는?

"그게 불법은 불법이지요?"

"그렇지도 않아. 미국 봉사단체에서 한국의 전쟁고아들을 위해서 구호품을 보낼 때에는 그것을 받는 사람을 믿어서 보내는 거야. 그 물품들이 어디에 어떻게 쓰이는가 하는 문제는 상관하지 않아. 그렇다면 봉사단체가 아니지. 그것을 감시하는 것은 하나님이 하시지. 만약 부당하게 썼다면 그 벌을 하나님이 내리시겠지. 그렇게 생각하고 돈과 물품을 보내는 거야. 그것이 미국 사람들의 태도야."

세철은 이해할 수 없었다.

"구호물품만이 아니라 의약품도 있어. 우리 미8군에서는 특별히 정 박사를 통해서 샬롬의 집 아이들의 보건을 위해서 의약품을 보내고 있어. 그것을 모두 원아들 건강만을 위해서 쓰지 않고, 정 내과 환자들을 위해 쓸 수도 있겠지. 어쨌든 원아들의 건강을 정 내과에서 책임을 지는 한, 그 약품이 한국의 환자들의 치료를 위해 쓰인다는 사실만은 틀림없으니 우리는 상관하지 않아. 그런 문제에 대해서도 세철은 이해해야 될 거야. 내가 왜 이런 말을 하느냐면 세철이 혹시 그러한 사건으로 인해서 정 박사 내외분에 대해서, 그리고 병원과 샬롬의 집 관리자들에 대해서 이상한 감정을 가질까 봐서야. 그들을 불신하거나 미워한다면, 그것은 큰 문제야. 정직하게 살려고 노력하는 세철이는 충분히 그럴 수도 있다고 봐서. 내 동생이니까, 이렇게 말하는 거야."

세철은 안드레의 말이 옳게 받아들여지기도 했다. 그런데 왜 이렇게 정 박사 내외분을 두둔하는지 의아했다. 혹시 슈트라도 이일에 관련되지 않았는지 의심되기도 했다.

안드레는 서울역까지 차로 데려다주겠다고 나섰다.

"귀한 선물 감사해요. 이 파카로 좋은 글을 쓰도록 노력할게요."

파카 선물은 눈물겹도록 고마웠다.

"세철이가 우리와 한 식구가 된다는 것을 의미하는 선물이야. 내가 슈트라로부터 받은 것을 세철에게 다시 선물했으니, 우리는 파카를 통해서 한 식구가 된 것이지."

"그러면 이 파카를 제가 쓰다가 뽀미에게 다시 선물할 수도 있겠어요."

"그렇지. 뽀미가 너무 행복해할 거야."

세철은 눈물이 나왔다.

서울역에서 세철은 양손에 미군용 가방 두 개에 가득 든 선물을 들고 내렸다.

그는 안드레가 탄 승용차가 사라지자 그 가방을 들고 예전에 물건을 팔았던 가게로 갔다. 양담배 한 보루만 남겨두고 모두 팔아버렸다. 옥자를 만나고 싶었다. 담배 한 보루는 옥자에게는 좋은 크리스마스 선물이 될 것이다.

그녀를 만나는 것도 오늘로 끝내야 한다. 서울에 와서 반년이 지나는 동안에 거친 시간을 먹으면서 고통도 당했으나 이제는 모든 것을 다 받아들일 수 있다. 안드레에게 세상 이야기를 들으면서도 자신의 시야가 너무 좁고 한쪽으로 치우쳐 있다는 것을 조금은 알게 되었다.

옥자와의 관계는 이 저녁으로 끝내자. 세철은 긴장을 가라앉히려 천천히 걸으면서 몇 번이고 생각했다.

3

옥자네 골목으로 들어서면서 이게 마지막이라고 몇 번이나 생각했다. 그래도 이 골목은 나에게 서울을 알게 해준 곳이다. 그러나 이 골목은 나를 배신하지 않았다. 여자들의 분 냄새에 숨어 있던 정욕이 꿈틀대기도 했지만, 그 힘에 무너지지 않은 것은 옥자 덕분이기도 했다. 그녀가 나를 적극적으로 공격했다면 나는 헤어나지 못했을 것이다. 옥자는 착한 여자이다.

그녀가 불쌍했다. 사랑하는 사내와 같이 고향에서 도망쳤다는데, 그 사내가 그녀를 이 시궁창에 팔아버렸다. 그래도 옥자는 그 사내를 잊지 않고 있다. 이따금 그 사내가 찾아오는 것만으로 위안을 받는다고 했다. 그 사내가 하는 일이 있어 그렇지 언젠가는 자기와 살림을 차리게 될 것이라고 말했다. 그때가 되면 옥자의 빚도 갚아줄 것이다. 그것을 기대하면서 살아가고 있다고 했다.

옥자는 잠을 자고 있었다.

어젯밤에 사내를 받아서 새벽까지 시달렸다고 눈을 비비면서 세철을 맞았다. 요즈음은 연말이라 긴 밤 손님이 있어서 낮에 잠을 좀 자둬야 한다며 웃었다. 아직 손님 받을 준비를 하지 않아서 화장하지 않은 얼굴이 낯설었다. 루즈를 안 바른 입술이 핏빛처럼 싸늘했다.

방 안에는 연탄가스 냄새가 지독하게 났다.

"이런데 문 닫고 자다가 연탄가스에 어쩌려고."

세철은 방 안에 들어서면서 코를 자극했던 냄새가 걱정되었다.

"연탄가스로 죽을 수 있다면 행복하지. 고통 없이 죽을 수 있고, 두려움 없이 죽을 수 있으니, 그렇지 않겠어?"

옥자는 군용 점퍼를 입더니 담배에 불을 붙였다.

"내가 네게 뭔가 선물을 하고 싶은데, 몸밖에 없으니 어쩌지."

옥자는 담배 연기를 세철의 얼굴로 뿜으면서 처량한 표정을 지었다.

"그런 말 하지 말아요. 오늘 옥자에게 마지막 선물을 주고 가려고 그래. 내가 방학이 되어서 고향으로 내려가야 하는데, 아마 가면 올라오지 못할 거야. 그래서……."

세철은 양담배 한 보루를 그녀 앞으로 밀었다.

"아니, 이거 모두 날 주는 거야?"

"그래, 이거 팔아서 요긴한 데 써. 이것은 네 몸을 판 것이 아니니까, 순수하게 네 돈이 될 수 있지 않겠어?"

그때 밖에서 인기척이 났다.

옥자는 얼른 일어나서 그 담배를 벽장 안에 숨겼다.

"손님 받고 있어? 나 병태야."

옥자의 안색이 확 변했다.

"손님 받고 있으니, 한 30분 후에 와, 오빠!"

"나 갈게. 몸조심하고 잘 살아요."

세철은 빨리 피해주는 것이 좋을 것 같아서 일어났다.

옥자는 세철의 다리를 잡으면서 앉으라고 하면서 입가로 손을 가져갔다.

그때 문이 벌컥 열렸다.

"일 끝냈어? 나 좀 할 말이 있어서 그래."

사내가 방 안으로 들어오면서 세철을 노려봤다.

"학생이 대낮부터 색시 집을 찾았어. 네 애비도 한심하다."

사내는 일어서는 세철은 별 관심이 없다는 듯이 담배를 꺼내 불을 붙였다.

세철이 문을 밀치고 나오려는데 사내의 말이 발을 멈추게 했다.

"참, 잠깐. 네가 우리 옥자를 좋아하는 그 학생이로구나. 낮에는 손님이 없는 줄 알고 찾아온 거야. 내가 방해꾼이 되었나?"

사내의 말에 가시가 돋쳤다.

"아니야. 그냥 잠깐 왔다가 오빠가 왔으니 가려는 거야."

"옥자, 너 나를 두고 딴 사내를 좋아하면 그것은 위반이다. 몸을 파는 것은 장사니까 그렇다 치고, 마음을 딴 사내에게 주면 그때는 곤란하다고."

사내가 오도독 이를 갈면서 한마디 했다. 세철은 그 말을 등 뒤에서 들었다.

골목을 나오면서 세철은 사내에 대한 심한 분노가 치밀었다.

"아니 제 여자를 팔아먹은 놈이 뭘 어떻다고 마음은 딴 사내에게 주지 말라는 거야, 나쁜 놈!"

중얼거리면서 걷는데 목덜미가 서늘했다. 목도리를 그 방에 두고 온 것이다. 다시 돌아가서 그것을 가져오려고 몸을 돌렸다.

옥자네 방 앞에 이르렀는데, 방 안에서 여자의 비명이 들렸다.

"이년아, 네가 그 자식을 좋아하지? 내가 뭐라고 말했어."

"아냐, 오빠 믿어줘. 이 처지에 내가 누굴 좋아하고 말고 그래."

"그럼 아까 그놈에게 받은 돈 아줌마에게 드렸어?"

"돈 받지 않았어. 잠을 자야 돈을 받지."

"이년 공짜로 해줬구나."

"아냐! 잠깐 이야기만 나눴어."

"이 쌍년이 나를 놀려!"

다음에 비명 소리가 났다. 옆방에서 여자 목소리가 흘러나왔다.

"저놈은 왔다 하면 왜 옥자를 저렇게 패냐? 변태 아냐? 옥자 팔자도, 아니 제 몸 제가 팔아먹지도 못하는 신세라니……."

옥자 방에서는 계속 비명 소리가 들렸다.

순간 세철의 가슴이 요동을 쳤다.

그는 마당에 듬성듬성 깔려 있는 시멘트 블록을 손에 들었다.

그리고 그다음은 어떻게 했는지 모른다.

주위에서 사람들이 웅성거렸다. 정신을 차려보니, 그 사내는 뒤통수에서 피를 흘리면서 쓰러져 있었다. 옥자가 얼굴이 파랗게 질려서 발발 떨고 있었다. 순간 이런 놈은 살아나서는 안 된다는 생각이 스쳤다. 세철은 다시 벽돌을 찾아들고 사내를 향해 치려고 했다. 그때 뒤에서 누군가 그의 팔을 잡아끌었다.

남대문 경찰서에서 조사를 받을 때 세철은 사실대로 말했다. 옥자와의 관계에서부터 종종 옥자를 만났던 이야기, 그날 일어났던 상황까지 자세히 말했다. 피의자 진술을 받던 형사는 거짓말을 하지 말라고 윽박질렀다. 피해자의 진술과는 다르다는 것이다.

"옥자는 네가 찾아와도 학생이어서 받아주지 않았다. 오늘은 양담배를 선물하면서 잠을 같이 자자고 해도 받아주지 않았다. 마침 옥자의 애인이 나타나자 돌아가다가 다시 되돌아와서 그 짓을 벌였다는 거야. 임마, 세상에 여자가 없어서 기둥서방 두고 몸 파는 여자를 사랑해. 너 정신병자야, 아니면 변태냐?"

"아닙니다. 저는 옥자를 동정했을 뿐이지 무슨 사랑을 합니까? 그녀가 발가벗고 나를 유혹해도 나는 뿌리치고 나왔습니다. 오늘은 그 기둥서방이라는 작자가 그녀를 마구 치는 것이었습니다. 그는 하이에나예요. 불쌍한 여자의 피를 빨아먹는 아주 나쁜 놈. 그놈은 옥자를 이 집에 팔아먹고, 수입도 절반을 가져간다고 합니다. 그런 자식은 이 세상에서 없어져야 합니다."

세철은 어처구니가 없었으나 속마음을 숨길 수가 없었다.

"임마, 넌 평소에도 그자에 대해서 살의를 품고 있었어. 그러니까 벽돌로 뒷머리를 쳤다는 것은 죽일 의사가 있었다는 거야. 아무리 네가 변명을 해도 현장범이고, 옥자가 그렇게 진술하는 이상 풀려날 가망은 없어. 너는 폭행치사 현행범으로, 그것도 우발적이 아니라 네가 지금 말한 것처럼 평소에도 적의를 품고 있었다면, 고의성이 있어. 그러면 죄는 더 커져."

세철은 하나도 무섭지 않았다.

"저는 사사로운 감정에서 한 짓이 아닙니다. 그 사내의 정체를 파악해보면 그가 얼마나 나쁜 놈인가를 알게 될 겁니다."

"나쁜 사람이라고 죽여야 하는 것은 아니야. 그것은 법이 결정할 문제이지 네가 판단할 문제는 아니야. 그러니 네 그러한 변명이 오히려 네 죄를 더 무겁게 한다는 것을 알아야 해. 그런데 너를 이대로 두면 네가 무거운 형을 받게 된다. 그러니 집에 알려서 어른들이 나서서 처리하도록 해야 해. 넌 아직도 정신을 못 차리고 있고, 법이라는 것이 얼마나 무서운지를 모르고 있어."

"왜 법을 몰라요? 법은 약자 편 아닌가요? 법은 정의롭고……. 제 말은 모두 진실입니다. 법대로 하세요. 재판장이 바보겠어요."

취조 형사는 어이가 없었다. 말한 대로 조서를 꾸민다면 이 학생의 인생은 무너져버린다. 말하는 것을 보면, 학생의 진술이 진실일 것도 같다. 그런데 중요한 것은 옥자의 진술인데, 그녀가 학생에게 불리한 진술을 하고 있었다.

"그 여자를 만나게 해줘요. 왜 그녀가 그렇게 거짓 진술을 하는지 따져봐야겠어요."

"이놈아, 이 병신아, 몸 팔고 사는 여자에게 무슨 진실을 듣겠다고 그러니? 네가 그 여자를 만나면 오히려 더 화가 날 수도 있다. 만약 거짓말을 한다면……."

세철은 형에게도 알릴 수 없었다.

그 사내도 피는 많이 흘렀으나 생명에는 지장이 없고, 뒷머리가 찢어졌을 뿐 뇌에도 아주 손상이 없다고 귀띔을 했다.

"어른들에게 알려야 해. 너 혼자서 해결할 수가 없어."

그러나 세철은 고집을 부렸다.

유치장에서 3일을 지냈는데, 정 선생이 찾아왔다.

세철은 부끄러워서 고개를 돌려버렸다.

"형님이 너무 화를 내어서 내가 왔어. 사정을 다 들었어. 걱정하지 마. 곧 풀려날 거야. 피해자도 너를 이해하고 있어."

정 선생은 담당 형사를 만나고 사태를 어느 정도 파악했다. 세철로서는 충분히 그럴만하다. 그러나 옥자가 거짓 진술을 하는 것은 합의금을 많이 받기 위해서 사내가 시킨 것이라고 짐작했다. 이제는 피해자가 원하는 방향으로 일을 처리할 수밖에 없었다. 그런데 학교가 문제였다.

세철이 어른들에게 알리지 않겠다고 고집을 부리는 바람에 경찰에서는 학교에 알렸고, 교장선생은 민철의 집에 알렸다. 그래서 세민도 알게 되었다. 어른들에게 알리지 않겠다고 고집을 부리는 바람에 학교랑 민철도 알게 되었다. 그 말을 듣고는 세철은 정말 눈앞이 캄캄했다.

자퇴를 하자. 그리고 나대로 세상을 살아가자. 공부하는 것이 뭐야. 세상이 온통 뒤죽박죽인데. 집에는 알리지 않았을 것이다. 형이 그 정도는 동생의 처지를 이해하겠지. 고향으로 내려가는 것도 그만두자. 그렇게 마음을 정하자 걱정이 사라졌다.

경찰서에 수감되고 일주일 만에 풀려나왔다. 정 선생이 앞장서서 옥자의 기둥서방과 합의를 보았다. 세철은 경찰서로 찾아온 정 선생과 형의 얼굴을 보고는 외면하면서 한마디 했다.

"형, 그런 얼굴로 날 쳐다보지 말아요. 난 잘못한 일 없어요. 세상이 잘못되었기 때문이지요. 두 분은 이것만은 알아줘요. 난 재판을 받고서 잘못된 것을 바로잡고 싶었는데, 어른들이 나서서 그럴 기회를 다 빼앗아버렸어요. 나는 이제 옥자의 거짓진술과 같은 행위를 했다는 것을 벗을 수 없게 되었어요. 형이나 누님은 나를 죄인으로 만드는 데 앞장선 분들이에요."

경찰서 대기실에서 버럭버럭 고함을 지르면서 말했다.

"세철아, 사건이 없었던 것으로 경찰에서 처리했어. 그러니 네 죄가 남는 것은 아니야. 다 학생인 너를 생각해서야. 너를 담당했던 취조 형사나 경찰서장님이 너를 생각해서 그렇게 처리한 거야. 그분들에게 감사해야 해."

정 선생의 말에 세철은 어이가 없었다. 생각은 그들을 찾아가 따지고 싶었으나, 중간에서 일한 정 박사 어른들 생각에 참기로 했다.

남대문 경찰서 현관을 나오면서 세철은 이제 어디로 가야 할까 망설였다. 민철이네 집으로 갈 수는 없다. 그렇다고 형의 숙소로 갈 수도 없었다.

"형 고마워요. 고향에는 내려가지 않겠어요. 누님도 고맙고. 규석이와 유원이는 이 사실을 모르고 있지요? 제발 말하지 말아요. 어른들께 인사를 드려야 하는데, 지금 그럴 마음의 준비가 되지 못했어요. 그리고 솔직히 지금 제 머리는 뒤죽박죽이에요."

세철은 솔직하게 털어놓으면서 울먹였다.

"고향으로 내려가라. 어머니를 만나는 것이 네게는 제일 편안할 거다. 형은 이번 일을 고향에는 전하지 않겠다."

"형, 제가 이렇게 갈가리 찢겨진 모습으로 어떻게 어머니를 만나요. 만나면 거짓된 제 모습을 다 보여야 할 텐데. 형은 지금 제 마음을 그렇게 모르세요."

그렇게 말하는데 생각이 떠올랐다. 그렇다. 뽀미네 집으로 찾아가자. 그래서 미군부대 하우스보이로 취직하자. 한국 사람들은 상대하고 싶지 않았다.

"형, 나 안드레 소령과 약속한 일이 있어요. 오늘 뽀미를 봐주기로 했거든요. 걱정하지 말아요."

세철은 거짓말을 하고 용산 쪽으로 줄달음을 쳤다.

옥자를 만나고 싶었다. 따지고 싶었다.

옥자네 골목으로 다시 들어서면서 사람의 결심이란 것이 별것이 아니라는 생각을 했다. 그날 이 골목으로 들어서면서도 다시는 찾아오지 않겠다고 생각했는데, 이 악마의 소굴로 다시 찾아가는 이유가 무엇인가?

옥자의 방 앞에 사내 구두가 놓여 있었다. 귀를 기울였다. 손님을 받고 있는 것 같지는 않았다. 인기척을 하자, 문이 열렸다.

옥자는 세철을 보더니 겁먹은 표정을 지었다.

"하나만 물어보겠어."

"누구야?"

머리를 붕대로 싸맨 그 사내가 얼굴을 내밀었다.

"오늘도 벽돌 들고 왔냐?"

사내는 빙긋이 웃으면서 들어와서 말하라고 했다.

"옥자, 네가 왜 거짓말을 했는지 그 이유를 알고 싶어 왔어."

사정하는 투로 말했다.

"병신 육갑하네. 내가 왜 거짓말을 하겠어? 사실이야, 사실. 우리가 합의를 해줘서 네 인생 덜 망가진 것만도 감사하다고 생각해. 알았어?"

"뭐야?"

버럭 고함을 지르면서 주먹으로 그 나불대는 옥자의 주둥이를 한 대 갈기려는데, 다음 순간 그녀의 눈에 눈물이 고여 있는 것을 보았다. 그 순간 세철은 몸이 휘청거리면서 정신이 아물거렸다. 온몸을 팽팽하게 만들었던 긴장이 스르르 풀리면서 다리에 힘이 없어졌다. 그는 겨우 몸을 돌려 뒤돌아섰다.

이제 다시는 이 골목에 오지 않을 것이다. 이상하게 가슴이 탁 트이는 것 같았다. 뽀미를 즐거운 마음으로 만날 수 있을 것 같았다. 용산 미8군 병영까지 달음질을 해도 충분할 것 같았다. 뛰었다. 전차보다 더 빨리 뛸 수 있을 것 같았다.

그날 뽀미네 집을 찾아간 세철은 그곳에서 일주일을 머물렀다. 마침 안드레 소령 부부는 본국으로 크리스마스 휴가를 떠나 있었다.

새해가 되었을 때 세철은 교장선생님을 찾아가서 그간의 사정을 말하고 자퇴를 했다.

봄이 되자, 세철은 미8군 하우스보이로 취직했다. 안드레 소령은 그러한 세철의 선택을 만류하지 않았다. 그리고 그해 대입 검정시험에 합격했다.

그다음 해 봄, 유원과 규석이 같은 대학에 입학했다. 세철도 그 대학에 합격했다.

세철은 '옥자 사건'으로 유원에 대한 감정이 깨끗이 정리되어 그녀로부터 자유로울 수 있었다. 무척 다행스러운 일이었다. 물론

두 번 다시 서울역 옥자를 찾아가는 일도 하지 않았다.

세철은 경찰서 유치장에서 잘못된 세상을 향해 증오했고 하나님을 원망했다. 새로운 세상에 대한 꿈을 안고 떠나온 자신에게 이렇게 거칠고 메마른 사막 길로 인도한 그 하나님이 원망스러웠다. 그런데 이제 세철은 자신이 걸어온 그 험난한 길에서 만난 그 얼굴들이 그의 안내자였음을 알게 되었다.

서울역에 내렸을 때 낯설고 두렵던 얼굴들을 이제는 모두 친구처럼 대할 수 있었다. 이 거친 삶 속에서 사람을 두려워하거나 경계하지 않게 된 것은 모두 그들 덕분이었다.

순례의 길을 떠나기 위해 준비하는 학생들에게

1

내가 사는 아파트 단지 근처에 중·고교가 있다. 아침저녁으로 많은 학생들이 재재거리며 오간다. 똑같은 교복을 입어도 학생들은 자신의 체형이나 취향에 맞추어 개성 있게 꾸미고 자신 있게 걸어간다. 그들을 보면 온 세상이 소리 내어 웃는 것 같다. 그들의 모습에서 무한한 창조를 가능하게 하는 어떤 생명력을 확인하게 된다. 이것은 세상을 조금씩 변화시키는 원동력이 된다. 이 힘은 몇몇 특별한 재능인의 전유물이 아니라 누구나 다 갖고 있는 것이다. 그런데도 청소년들은 이렇게 귀한 것을 자신이 지니고 있다는 사실을 외면하고 살아간다.

변화의 원동력은 돈이나 권력이나 명예를 얻는 데 필요한 것이 아니라, 세상을 새롭게 만드는 창조적인 힘이 된다. 그것을 찾기 위해 우리는 공부를 한다. 그것은 또한 체험을 통해서도 얻을 수 있으며, 자기를 사랑하고 열심히 살아가는 과정에서도 찾게 된다. 그런 의미에서 우리가 살아가는 이 세상은 학교이고, 매일 매일의 생활은 순례자의 길과 같다.

세철의 초등학교 1학년 때 이야기를 쓰기 시작한 것이 벌써 10년 전 일이다. 그리고 3년 동안 세철이가 초등학교를 졸업할 때까지의 이야기를 『전쟁놀이』, 『나는 그때 열한 살이었다』, 『못자국』 세 권으로 써냈다. 이 세 권은 하나의 작품으로 묶여서 독일어로 번역 출간되었고, 지금 일본어로도 출간 작업을 하고 있다.

나는 한 사람이 살아온 일생을 작품으로 쓰고 싶었다. 그것은 내 잃어버린 시간에 대한 아쉬움 때문이고, 사람의 한평생이 소중하기 때문이고, 이 소중한 인생을 어떻게 살아야 할 것인가에 대한 물음 때문이었다. 다행히 작년에 세철의 중학교 시절 이야기를 『낯선 숲으로 난 길』이란 제목으로 독자들에게 내놓았고, 그때 고등학교 시절 세철의 모습을 쓰기로 작정했다. 그리고 『사막으로 난 길』을 출간하게 되었다.

2

제주의 한 농촌에서 태어난 세철이는 여유 있는 집안에서 고생 모르고 자랐다. 하지만 그는 전쟁을 체험하게 되었고, 해방 후 이 지역에서 일어난 엄청난 변란으로 아버지를 잃었다. 6·25전쟁 때 형님이 학도병으로 출전하여 한쪽 다리를 잃으면서 집안은 어려움에 처하게 된다. 그때에 전쟁으로 이 마을에 피난 온 서울 학생들과 친해지면서 조금씩 또 다른 세상을 알게 된다. 소년은 이성에 대한 눈을 뜨고 경쟁심과 미움과 질투를 경험하면서 조금씩 성장한다.

중학생이 된 그는 집을 떠나 제주읍 삼촌네 집에 살게 된다. 초등학교 때 좋아했던 유원이를 만나게 되었고, 그녀에 대한 마음이 짙어질수록 갈등도 더해진다. 또한 새로운 환경에서 부딪히는 여러 상황에서 자신을 이기려고 모험도 감행한다. 공부도 잘하지만 싸움도 잘하는 문제아가 된 그는 좀 더 다른 세상을 꿈꾼다. 싸움을 하다가 심하게 다쳐서 미군부대에서 치료를 받는 동안 미군 간호장교의 사랑을 받으면서 그녀에 대한 감정과 함께 강대국 미국에 대한 선망도 갖게 된다. 사람을 사랑하는 힘이 전쟁보다 더 위대함을 깨닫는다. 그리고 유원이가 제주를 떠나게 되자 또 한 번 껍질을 벗는 아픔을 경험한다. 이렇게 세철은 마치 낯선 숲에서 혼자 길을 찾아가듯이 세상을 살아간다. 그 과정에서 여러 나무들을 만난다. 그중에는 길을 방해하거나 가로막는 나무도 있었고, 길을 안내해주는 나무도 있었다. 숲은 낯설고 두려웠지만 그를 새로운 세상으로 안내해주었던 것이다. 혼란의 숲으로 들어가 쏘다니며 조금 익숙해졌을 때에, 그는 숲에서 뛰쳐나와 새로운 길을 찾게 된다. 그 길이 바로 사막이었다.

고등학교 2학년 여름방학 때에 세철은 형과 유원의 주소만 가지고 집안 어른들 몰래 섬을 떠나 서울로 오게 된다. 섬에서 탈출을 감행한 것이다. 섬은 언제나 그에게는 편안한 고향이었고 자신이 쌓아놓은 탄탄한 성(城)이었다. 그러나 그 안에서 마냥 편안하게 살아갈 수 없었다. 더구나 유원이에 대한 그리움과 서울에 대한 동경으로 그 긴긴 여름방학을 섬에서만 보낼 수 없었다. 그래서 섬을 떠나 서울로 향했다. 그것은 자신에 대한 도전이었다.

역에 내리면서 그는 지금까지 지내온 편안하고 풍성한 숲에서 벗어나 사막으로 들어선다. 서울은 좋아하는 여학생이 기다리고 있고 형과 형수가 될 정 선생이 반갑게 맞아주는, 그러한 아름답고 행복한 도시가 아니었다. 그곳은 온갖 불법과 비리와 비정의 도가니였다. 서울역에서 처음 만난 어머니 같은 여자는 그를 창녀집으로 안내했고, 거기에서 깡패들을 만나 싸움을 했다. 그리고 몸을 팔아 돈을 벌고 그 돈을 애인에게 빼앗기면서 살아가는 여자를 만난다.

이렇게 전혀 다른 세상과의 만남은 사람들에 대한 세철의 생각을 완전히 바꾸어 놓는다. 어머니와 할머니, 유원의 청순하고 아름다운 모습, 절망적인 형을 희망으로 이끌어준 정 선생, 열심히 공부하고 남을 배려하는 유원의 친구와 같은 사람들과는 전혀 다른 사람들이 많았다. 세철은 그들과 싸워 심하게 두들겨 맞고, 그가 가진 모든 것을 빼앗긴다. 아늑한 고향, 모두가 인정해주고 모두가 안내자가 되어주었던 고향으로부터 떨어져 나와 새로운 세상과 부딪히게 된 것이다. 그에게는 부끄러운 체험이었지만, 그것을 혼자서 이겨내려 한다.

세철은 서울에 머물면서 많은 사람들을 만난다. 사막과 같은 세상에서 그들은 각자의 울타리 안에서 열심히 살아가고 있었다. 거기에도 배반이나 불의가 있으나, 지금까지 세철이 생각하지 못했던 진실도 있었다. 그는 가족을 생각하고, 세상의 공의를 생각하게 된다. 그리고 중학교 때 그가 좋아했던 미군 간호장교를 다시 만난다. 그 사이 결혼한 그녀에 대한 감정의 실체를 확인하고 정리한다. 그 과정에서 유원이에 대한 감정도 정리된다. 그것은 고통스러웠으나, 그에게 필요했던 것이다.

세철이 서울에서 고등학교에 다니게 된 것은 전혀 생각하지 못했던 일이다. 그러한 상황에서 심한 고통을 겪었으나 그런 일들은 그를 또 다른 세상으로 안내해주었다. 사막에도 사람들은 살고 있었고, 이 지구에 사막과 같은 도시가 존재하게 된 이유도 알게 된다. 그는 사막 가운데서도 뿌리내리지 못한 나무였으나, 결국 살아남기 위해서 뿌리를 열심히 내려야 했다. 그 일은 누구로부터 도움을 받아서 될 일이 아니었기에 힘들더라도 스스로 감당한다. 그렇게 그는 사막에서 세상과 사람을 배우게 된다. 사막과 같은 서울은 그에게는 소중한 교과서가 되었다.

그는 편입한 고등학교를 자퇴해야 할 처지에 놓이지만 검정고시로 명문 고교를 나온 유원이와 그의 영원한 라이벌인 규석과 같은 대학에 입학한다. 이때부터 그의 순례의 길은 다시 시작된다. 그 길은 사막의 길보다 더 험난할 것이다.

나는 이제 세철이가 가게 되는 순례의 길, 청년 세철의 이야기를 쓰기 시작할 것이다. 그의 삶의 과정은 더 고달플 것이다. 그러나 스스로 그 길을 택했기 때문에 충분히 이길 수 있을 것이다. 결국 그는 문제적인 인물로 한 세상을 살아가면서 삶의 진실이 무엇인가를 찾아가게 될 것이다.

여러분이 세철과 친구가 되려는 마음으로 이 작품을 읽으면 더 재미있을 것이다. 사람과 친해진다는 것은, 더구나 아무런 이해관계 없이 한 사람을 친구로 삼기는 쉽지 않다. 그런데 우리는 소설을 통해서 그런 친구를 만날 수 있다. 소설을 읽으면 사람에 대해서 제대로 이해할 수 있다. 사람이 사람을 이해하는 일은 어렵다.

일생을 같이 산 부부나 부모와 자식 간도, 오래도록 사귄 친구도 서로를 제대로 이해하기는 어렵다. 나 자신도 정직하게 이해할 수 없다. 그런데 소설은 숨어 있는 작가(화자)가 다양한 방법으로 독자들에게 각 인물을 바르게 이해하도록 도와준다. 그것은 작가가 해야 할 일이기 때문이다. 작가는 자신이 좋아하는 인물을 세상에 알리기 위해서 온갖 방법을 다 동원하려고 노력한다. 독자는 작가의 안내를 받으면서 등장인물들을 가까이서 바라보고 이해하면서 세상과 인간을 알게 되는 즐거움을 얻을 수 있을 것이다. 여기에 소설을 읽는 맛이 있다.

소설은 독자에게 어떤 가치를 전하려 하지 않고 인간의 진실을, 진실된 인간의 모습을 전하려고 한다. 그것이 작가가 소설을 쓰는 목적이다. 인간이 추구하는 바른 가치는 비록 그것을 실현하기는 어렵더라도 우리는 대부분 잘 알고 있다. 그에 비해 인간의 참모습은 알기가 어렵다. 자신의 모습도 제대로 알지 못하고 살아가는 것이 인간이다. 그래서 작가는 그 인간의 진실된 참모습을 서사구조를 통해서 독자에게 전한다. 이것이 소설이다.

독자들은 소설에 등장하는 인물의 생각과 행동, 그들의 언어에 관심을 갖고 작가의 목소리에 귀를 기울이면 소설 속 인물들을 이해하게 될 것이고, 소설의 또 다른 재미를 느끼게 될 것이다. 특별한 인물(소설의 주인공, 세철)의 속마음을 알게 된다는 것은 얼마나 재미있는 일인가?

세철은 아주 특별한 여러분의 친구가 될 것이다. 그를 이해하면 결국 자신의 참모습도 알게 되고 사랑하게 될 것이다. 세철을 통해서 세상과 사람을 보는 여러분의 눈이 조금은 새로워지기를 기대한다.

덧붙여서 『사막으로 난 길』은 지난 여름 원주 토지문화재단에서 제공해준 창작실에서 썼음을 밝히면서 재단 측에 감사를 드린다. 한밤에 풀벌레 소리를 들으면서, 세철이가 고향을 떠나 '사막의 길'로 들어섰던 그 무더운 계절을 생각하며 그의 고교 시절로 돌아가 보았다.

이 책을 만드느라 수고해준 자음과모음 출판사의 편집부와 추천사를 써주신 복도훈 박사에게 고마운 마음을 전한다. 이제 일곱 살이 된 서영이가 언젠가 이 책을 읽으면서 할아버지의 글쓰기를 생각해주기를 바라는 욕심도 가져본다.

2014년 초여름에
현길언

사막으로 난 길

초판 1쇄 발행일 | 2014년 8월 7일
초판 3쇄 발행일 | 2019년 6월 27일

지은이 | 현길언
펴낸이 | 정은영
편　집 | 사태희 이새봄
마케팅 | 이재욱 백민열 이혜원 하재희
제　작 | 홍동근

펴낸곳 | (주)자음과모음
출판등록 | 2001년 11월 28일 제2001-000259호
주　소 | 04047 서울시 마포구 양화로6길 49
전　화 | 편집부 (02)324-2347, 경영지원부 (02)325-6047
팩　스 | 편집부 (02)324-2348, 경영지원부 (02)2648-1311
E-mail | jamoteen@jamobook.com

ISBN 978-89-544-3099-9(43810)

이 도서의 국립중앙도서관 출판시도서목록(CIP)은 서지정보유통지원시스템
홈페이지(http://seoji.nl.go.kr)와 국가자료공동목록시스템(http://www.nl.go.kr/kolisnet)에서
이용하실 수 있습니다.(CIP제어번호: CIP2014021890)